DARÍO HERNÁNDEZ ORJUELA

DONDE LOS MUERTOS PERMANECEN EN PIE

*La verdadera historia
del desdichado Dr. Russi*

2da Edición

LNG LLC

Titulo: Donde los Muertos Permanecen en Pie
(La verdadera historia del desdichado Dr. Russi)
Autor: Darío Hernández Orjuela
Segunda edición: 2023
Ilustración de la portada: Carlos Felipe González
La portada ha sido diseñada usando imágenes de freepik

I.S.B.N.: 978-1-943255-75-7

Producción Ejecutiva:

Para colombia y su memoria perdída...

La justicia llega hasta el lugar del corazón donde un hombre es capaz de reflejarse en aquellos a quienes acusa. Es así como encuentro por azares del destino el diario del hombre que, convertido en criminal por la historia, ha sido víctima de la injusticia y del odio mientras su memoria es destruida. Una suerte de extraños acontecimientos que llegué a conocer de primera mano se revelan en estas viscerales páginas escritas, de la cruda manera que solo el dolor y la tristeza del encierro y la proximidad de la muerte pueden producir.   Aunque cientos de papeles y declaraciones llegaron a mis manos, solo la verdad que puedo llegar a creer se refugia en mi afecto y admiración hacia aquellos que sacrifican su propia vida por otros y en estas amarillentas hojas escritas bajo la luz de la vela en un cadalso miserable, olvidadas en el tiempo, han sido rescatadas por el azar después de 150 años.

A todos aquellos a quienes estas palabras puedan llegar a interesar algún día, solo les puedo decir que esta nación ha sido fundada sobre la sangre de hombres amantes de la libertad, la igualdad y otras virtudes relegadas a través de la historia. Las mismas que se olvidan bajo el manto de la muerte alimentada de codicia y crueldad. La injusticia y el olvido serán la condena que esta tierra llevará por el resto de su existencia, y esta historia escrita con la sangre de los inocentes se repetirá una y otra y otra vez, hasta que ningún hombre justo quede en pie.

PROLOGO

A Darío Hernandez Orjuela y a mí, Emilce Strucchi, nos presentó Internet. En estos tiempos es posible conocerse en el mundo virtual.

Entonces mucho gusto, Darío, y, mucho gusto, Emilce. Después él llegó de cuerpo presente hasta el lugar donde compartimos la trama de esta inquietante novela. Así el autor me puso en contacto con un desconocido por mí hasta ese momento, con un ejecutado en Colombia durante la primera mitad del siglo XIX, cosa que no tiene por qué sorprendernos dado que en toda Latinoamérica se extendían y multiplicaban por doquier los asesinatos de culpables e inocentes, es decir los asesinatos, y además los complots, durante aquellas décadas de colonización. Necesito agregar que estos asuntos no quedaron por siempre en el pasado, pero no es el tema que nos ocupa ahora.

Entonces. Sí, al Dr. Russi me lo presentó Darío. Dr. José Raimundo Russi, estuve encantada de conocerlo.

Y luego empezamos a transitar un camino nuevo con el hacedor de *Donde los muertos permanecen en pie*. Darío H. Orjuela venía con el ímpetu de su juventud y una intensa motivación por escribir acerca de una investigación apasionante que realizó hace algunos años en su país, Colombia. Nuestro autor tenía pendiente esta escritura del libro. Así fue como me encontré en ese lugar tan delicado de guiarlo sin entrometerme, escucharlo anonadada e intentar acompañarlo en la bella y también ardua tarea de escribir su primera novela. Para mí es un honor haber seguido de cerca su talento y haberlo apoyado en su desarrollo, que no fue más que ese mi trabajo. Es un honor además estar escribiendo estas líneas introductorias.

Antes, cuando incluí la palabra "encantada", lo hice intencionalmente. Porque de hecho me encontré en una situación de encantamiento durante la lectura y relectura de esta obra de Darío. Pero de qué otro modo puede sentirse y pensarse una persona si al comenzar el recorrido de una novela inaugural como es ésta, lee – y no es posible evitar la redundancia, espero sepan disculpar los intelectuales y los académicos –, decía, lee: *La justicia llega hasta el lugar del corazón donde un hombre es capaz de reflejarse en aquellos a quienes acusa.*

Ahora, al llegar a esta instancia del prólogo, me sorprende un enorme deseo de explayarme porque tengo muchos datos para dar sobre el atrapante argumento, con tanta presencia histórica pasada y actual; también sobre la escritura cuidadosa y acertada del autor. Pero sé que también debo callar acerca de lo mismo que quiero decir. Debo callar e invitarlos – cosas del lenguaje de las palabras – a descubrir intrigas de historias pasadas que a veces se perciben como inusitadamente presentes después de casi dos siglos, humor, desesperanza o impotencia ante la injusticia, algún secreto y hasta... cierto fantasma. Para los amantes de las categorías: ficción histórica.

Documentación e inventiva van de la mano en *Donde los muertos permanecen en pie (La verdadera historia del desdichado Dr. Russi)*. Hay que internarse en ellas y disfrutarlas. Después me cuentan.

Emilce Strucchi es Lic. en Psicología, Magister en PsicoInmunoNeuroEndocrinología, narradora y poeta

Yo José Raimundo Russi, he temido toda mi vida al papel en blanco. Siempre las palabras nacían en mi mente y se perdían en el aire. Como todo orador y simple hablante, nunca escribí nada más que números y cartas formales, nunca le escribí a nadie a quien amara y a nadie a quien extrañara. Nunca fui el hombre que expresó su sentir más allá de la racionalidad y la practicidad del que asume no sentir nada. Hoy mi mano temblorosa intenta seguir la línea recta de los acontecimientos que me han traído a este lúgubre y terrible destino. Hoy por fin he tenido el valor de pedir a mis verdugos papel y pluma. Mis manos tiemblan. Busco en mis bolsillos el atado de tabaco que uno de mis entrañables clientes le ha entregado a su hijo, uno de los guardianes que con agradecimiento y tristeza me ha entregado esta mañana. El amablemente ha armado unos cuantos cigarrillos. Prendo uno usando el fuego de la vela. Intento hacer memoria, mientras la ansiedad del miedo al dolor físico y a la muerte me permiten relatar la manera infame en que se firmó mi cruel destino. Mientras las bocanadas de humo inundan mi celda, la luz de la luna se cuela por la pequeña ventana de mi celda, regalándome un poco mas de luz. Siento de repente aquella calma que da un instante de resignación a lo inevitable. Mi alma decidida toma la pluma y mi mano hace una tregua con mis nervios y es así como logro dejar un testimonio que espero, sea aquella verdad que me ha sido negada. Una verdad que me atormenta y me permite sentir esta paz momentánea. Moriré libre de culpa. Soy inocente

I

Todo comienza con una historia absurda. De aquellas que sólo son posibles en las páginas de un cuento o en las palabras de un narrador de historias. Era el mes de mayo de 1850, después de semana santa. Desde la oscuridad de la bruma de la noche Bogotana, cinco lúgubres figuras caminan por la calle. Son frailes, que como fantasmas se mueven sin hacer sonar sus pasos. Solo el rechinar de la cadena del sahumerio de aquel que dirige la compañía, retumba en las paredes de la calle. Los otros cuatro cargan en hombros lo que para los pocos testigos que con miedo observaron esta tétrica escena, era un ataúd. Su lento caminar termina en la puerta de servicio de la catedral.

Todo lo que aconteció dentro del velatorio contiguo al despacho del obispo es parte del sumario policial.

El sacristán Calixto Márquez, se levanta de su cama en pijamas. Extrañado del golpeteo en la puerta de la sacristía. Abre la mirilla para ver quién es. Observa extrañado a los frailes con el féretro. -*Si a la orden*- pregunta Calixto. El líder de los frailes se acerca a la mirilla y con voz suave, responde. -Hermano Calixto, su eminencia ha autorizado traer al hermano Claudio, alma bendita, que ha fallecido esta tarde, para que sea velado aquí, como expresó en su última voluntad- Calixto dudoso replica: - ¿Discúlpeme padre pero por qué a esta hora?. – Insensato, los hermanos y yo somos monjes de clausura. No podemos salir a la calle a horas del día. Ahora habrá la puerta, ¿o va a dejar al hermano ser velado en la calle? Calixto retira los pasadores de la puerta y la abre. -Disculpeme padre- Mientras se persigna, los cuatro monjes que cargan el cajón se adentran a la catedral mientras el líder de la compañía bendice al desconcertado Calixto.

Dejan el cuerpo en la cámara ardiente a un lado de la nave principal de la catedral. Lo dejan allí y se retiran. El sacristán los acompaña a la salida. Mientras Calixto se prepara para dormir, decide ir nuevamente hacia el velatorio a apagar las velas y cerrar las puertas.

De golpe, el supuesto cadáver levanta la tapa de la caja y salta sobre el pobre sacristán que petrificado del susto cae desmayado. El supuesto finado, agarra al pobre sacristán inconciente y lo arrastra de las piernas hacia la habitación de la sacristía.

Calixto vuelve en sí mientras el "cadáver" le termina de amarrar las manos a la pata de la cama. El muerto revisa las pertenencias del desdichado sacristán, hasta que logra su cometido. Dentro de un jarro adornado con la imagen del sagrado corazón, encuentra el juego de llaves de la catedral. La mordaza ahogaba sus intentos de pedir auxilio. El testigo afirma escuchar la puerta abriéndose y ver a los mismos frailes que entraron rápidamente a esculcar cada rincón de la sacristía. La rectoría es saqueada y los objetos litúrgicos de la misa, así como el dinero de las limosnas y los tocados de hilillos de oro de la ropa del obispo fueron parte del botín. Ningún candado violentado. Ninguna cerradura destruida. Los ladrones asumieron nuevamente sus roles, regresaron las llaves al jarrón del sagrado corazón y salieron sin sobresaltos; aunque en esta oportunidad, eran seis los frailes que conducían un ataúd sin muerto, pero repleto de objetos valiosos.

Es así como la Banda del Molino Del Cubo, se consagraba como la más audaz y famosa organización delictiva que habría de conocer la ciudad de Santa Fe de Bogotá. Calixto fue encontrado a las 3 de la tarde dos días después por el Obispo que regresaba de Medellín. El hombre deshidratado, orinado y al borde de la locura narró lo sucedido desde el hospital. Y fue allí donde prestando mis servicios como abogado de oficio del despacho parroquial, tomé su declaración y escuché esta absurda historia de labios del acongojado sacristán.

II

Era un lunes nublado de mediados de Julio cuando, por la puerta de mi estudio, Rafael Aguilar, hijo mayor de Facundo, mi mejor amigo de la infancia, llegaba de su viaje por Europa a empezar a ejercer su carrera como abogado. Como su padrino de bautizo, siempre estuve pendiente de su educación y con su llegada pude saldar una vieja promesa a mi entrañable amigo de acoger a su hijo y convertirme en su mentor y maestro en esta difícil tarea del servicio público, el debate y la oratoria. Rafael llegó a prestarme servicios de asistente y secretario en el despacho, pero más allá de todo esto, se ha convertido en mi amigo y contacto fuera de este tenebroso y frio calabozo, y es el único que realmente cree en mi inocencia.

Era un joven delgado, lampiño y bien portado. Con los modales de un estudiante de leyes y sin embargo con el porte y viveza italiana heredada de su padre. A pesar de su ímpetu y pasión por resolver misterios y crear estrategias, era dueño de una inteligencia curiosa y de altísimo potencial, además de su alto nivel de practicidad e improvisación en el momento de utilizar la cabeza fría y el análisis.

Lo alojamos en uno de los cuartos de la segunda planta de la casa. Las habitaciones de la planta baja, estaban destinadas a la pensión que mi hermana Cristina había dispuesto para su sustento, ya que, en su condición de invalidez, le era imposible trabajar. Rafael inmediatamente se instaló, comenzó a realizar su trabajo de manera vivaz y organizada. Ocupó la tarde y parte de la noche catalogando mis papeles y archivos, mientras se deleitaba reorganizando mi biblioteca, haciendo comentarios interesantes sobre cada título que encontraba y reubicaba. Así pasamos el tiempo hasta la hora de la cena compartiendo historias de sus viajes, mientras yo respondía a las mismas anécdotas con recuerdos de esos lugares en común que un día recorrimos junto a su padre en nuestra época de estudiantes.

La noche pasó y al amanecer un llamado a la puerta perturbó la paz del desayuno.

Camacho, un recluta de la policía, entra con el ímpetu de la urgencia que solo las órdenes a los gritos pueden producir. *-Doctor, que pena con usted interrumpirlo. Lo necesitamos con urgencia en la tienda de Alsina-* Rafael se levanta de la mesa notablemente emocionado mientras yo tomo el ultimo sorbo de café. Camacho observa el ímpetu de Rafael y me mira desconcertado. *-Es mi ahijado. Vino a ayudarme-* le dije mientras los tres salíamos a la calle. Camacho nos informa sobre este nuevo robo en la ciudad. La víctima, un avaro comerciante español de la calle real: Benjamín Alsina.

La escena del crimen estaba abarrotada de curiosos que, más que sentirse indignados, sonreían al ver al viejo Alsina al borde de un infarto gritando improperios en su acento natal.

Le gritaba al oficial que tomaba su testimonio -Os digo gilipollas, entraron sin romper nada, ¿no lo veis? Maldita sea esta tierra. Ya lo decía ni padre. Cuando no hay Rey y un criollo que se cree demócrata manda, simplemente se va todo a la mierda-. Los ánimos no se caldeaban con estos comentarios, ya que más de media ciudad le debía dinero a este desagradable sujeto. Y enfrentarse a él era simplemente, perder el tiempo. Yo había tenido varias veces que enfrentarlo en los tribunales por sus continuos delitos de usura hacia personas que solicitaban mis servicios de abogado; era obvio que me odiaba a muerte.

Estando a unos cuantos pasos de la escena, le solicité a Rafael que entrevistara a la víctima mientras yo realizaba mi trabajo de investigar los pormenores del robo y determinar el valor y la cantidad de objetos hurtados.

Rafael usando un ardid muy ingenioso comenzó a preguntarle a Alsina sobre lo ocurrido con un impecable acento gallego. El viejo no oculto detalle de lo ocurrido. Le dio una declaración detallada de los acontecimientos de los que estaba al tanto, así como el monto robado en dinero y elementos. Esto facilitó mi trabajo, que en otras circunstancias habría sido imposible.

Alsina afirmó haber cerrado la puerta de su negocio alrededor de las 8 de la noche y varios testigos lo confirmaron. Como siempre caminó las tres cuadras que separan la tienda de su lugar de residencia. El único residente del local era un gato gordo y viejo que permanecía siempre acostado sobre la caja fuerte. Al parecer nadie vio a qué hora ni de qué forma ingresaron los sujetos que cometieron el hecho. La víctima se encontraba renuente a permitir que la policía entrara a observar el lugar de los hechos, más aun si yo como funcionario investigador ingresaba.

Rafael intuitivamente distrajo a Alsina, mientras el jefe de la policía y yo ingresábamos. Desconcertados quedamos todos al observar la caja fuerte. No alcanzaron a llevarse todo el contenido de la misma, así como varios objetos de valor que estaban a simple vista permanecían intactos. En ese momento, impávido, Camacho hace ese comentario que siempre me ha molestado – *a ver doctor, haga su magia* -. Rafael se sonríe al ver la mirada irónica que le devuelvo al oficial. *-Empiece usted Camacho-*. Rápidamente, Camacho saca de su bolsillo una libreta. *-La víctima accedió a enviar su inventario del día: Faltaban 200 kilos de oro, 15 lingotes, algunos objetos pequeños: 5 relojes, 4 camafeos y una lista de collares, perlas y objetos pequeños* - En ese instante vi cómo Rafael con papel y lapiz iba consignando la información sin necesidad de que yo se lo ordenara. – *Anote Rafael: Se puede deducir que un hombre de estatura media puede cargar 40 kilos a una velocidad promedio de escape sin detenerse, lo cual permite deducir que son 5 los ladrones, de contextura física gruesa producto de labores de campo o de construcción, lo que les facilita cargar un poco más del promedio. Escaparon a pie porque ningún testigo* *aseguró escuchar pasos de caballos y una carreta no cabe por la calle a la que da la puerta principal-*. Mientras continuaba explicando mis deducciones, noté que en esta oportunidad algo era muy diferente a las anteriores escenas del crimen. *-La caja fuerte fue violentada en su cerradura por una barreta y un mazo, la huella que deja un golpe contundente de esas características en el material de hierro de la caja es fácil de deducir. No se violentaron las puertas ni de la calle ni de la oficina. La victima asegura que la caja de seguridad fue traída desde España por su padre y solo él tiene la llave-*. También aseguró que el único elemento hurtado de su oficina, es un sable de oro e incrustaciones perteneciente a su tío abuelo el conde Alsina y Guzmán de Toledo. El candado de la puerta, así como la cerradura no fueron violentadas. Mis indagaciones hasta el momento no eran precisas, sin embargo, mientras estos hechos se desarrollaban, un nuevo elemento primordial se sumaría a esta cadena de acontecimientos.

III

La chicha, bebida sagrada nacida de las entrañas de la América indígena: el maíz. Fermentada por la tierra, la misma que acompañaba a los hombres y mujeres que la labraban antes de la llegada de los españoles y que continuaba siendo la fiel compañera de los humildes, la misma que generaba un particular resquemor en las élites del país, satanizada por la iglesia, menospreciada por la élite política; se convertía en motivador para la segregación y menosprecio de las clases populares. Como funcionario público y hombre de leyes, mis deberes contemplaban participar en reuniones y celebraciones de estado, donde mi opinión sobre éste y otros temas siempre me generaba episodios desagradables. Me era difícil entender el discurso de superioridad racial y favorecimiento de los superiores a los ojos de la iglesia, mientras eran esas mismas personas, desvalidas e ignoradas, las que mantenían en equilibrio a una sociedad que los desconocía y sobre todo los rechazaba. En el calor del debate, muchas veces se me tildó de populista y de "amante de la chusma". Esta situación no me permitía atender a las personas que requerían mis servicios de abogado en la oficina de mi hogar, debido a la constante queja de mis vecinos. El toparse en las puertas de su casa con la realidad los molestaba constantemente.

Decidí entonces todos los viernes y sábados disponer de un despacho improvisado en un pequeño cuarto del fondo del local de la chichería "El Ventorrillo", el lugar de congregación de los humildes de la ciudad. Eran personas en su mayoría analfabetas y dedicadas a la agricultura, servicio doméstico y de labores artesanales.

Me buscaban para resolver disputas legales con sus patrones y clientes; en su mayor parte se trataba de casos de deudas, pagos no efectuados o usura. El inmenso salón que daba a la calle se encontraba desbordado como nunca antes, la música sonaba más fuerte y la chicha no paraba de servirse. Decidí dar por terminada mi jornada al notar que nadie se acercaba más allá del patio interior del local y esta multitudinaria celebración me llenó de curiosidad. En medio de la muchedumbre se encontraba un hombre que llamó mi atención. Portaba una ropa muy clara para el clima Bogotano, además de ser de tela fina. Su tez oscura por el sol de tierra caliente, cabello negro bien peinado y dientes intactos, de rasgos fuertes, pero de buen porte. Todos estos elementos que componían su aspecto indicaban que era forastero. A su alrededor pude ver a varios de los hombres de dudosa reputación de la ciudad, a los que conocía muy bien. Decidí retirarme junto con Rafael y mientras atravesaba la muchedumbre hacia la salida, no pude evitar sentir que aquel misterioso hombre me siguió con la mirada hasta que logré salir del lugar. Me mostré inerme a la situación, sin embargo, Rafael no pudo evitar manifestarse nervioso y sobresaltado.

IV

El fin de semana pasó tranquilo. A la mañana del lunes, nuevamente fuimos convocados a una nueva escena de crimen. Es así como nos dirigíamos a la casa de Victoria Gómez, viuda y heredera de una cuantiosa fortuna producto de los negocios de su marido con el trigo. Una mujer elegante que conservaba aun, mucho de la belleza de su juventud. Imaginé los posibles desenlaces de un delito cuya víctima era una mujer solitaria y dueña de una fortuna. La policía ya estaba en el lugar y mientras nos acercábamos, al ver la cantidad de curiosos, mis preocupaciones se acrecentaron. Pensé que tal vez los ladrones esta vez habían hecho algo aún peor.

Mi estupor fue grande al encontrarme a una viuda sonriente vistiendo su ropa de dormir y desbordando sonriente, detalles del supuesto crimen del que fue víctima. Camacho me pide acercarme mientras Rafael nuevamente toma nota. La alegre viuda en su declaración, describe los acontecimientos *-Regresaba del mercado de la plaza mayor en la tarde del sábado. Mi sirvienta Anunciación Perea, dejó lista la cena y se fue a ver a sus hermanos a las afueras de la ciudad, donde iba a pasar el fin de semana. Yo cené y me fui a dormir. Cuando desperté, un hombre joven y moreno, con ropa elegante y buen olor, se encontraba sentado al lado de mi cama-* Extrañados nos miramos con Rafael y su sonrisa morbosa me hizo darle un pequeño golpe en el hombro para que recuperara la compostura

Victoria asegura que antes de musitar palabra, el hombre con delicadeza le solicitó que guardara silencio. Sonrojada, continuó su relato: *-Entre el miedo y la emoción le pedí que me permitiera por lo menos cambiarme de ropa. El misterioso hombre tomó lugar en el comedor de la casa mientras yo me arreglaba. Al regresar al comedor, vi a dos señores con sus rostros tapados acompañando al hombre misterioso. Amablemente el hombre me retiró la silla para yo sentarme. Uno de ellos sirvió el té y formalmente* *me informó que yo era la nueva víctima de los Ladrones del Molino del Cubo, que nadie me haría daño-.* A pesar de lo que podría pensarse, Victoria aseguró que la conversación fue amena. El hombre quien según sus palabras era todo un caballero, la atendió como una princesa. Le brindó un delicioso almuerzo y le contó sobre sus aventuras como forajido en las tierras de los llanos y al sur del continente. Al final de la tarde, según la declaración, los acompañantes del misterioso visitante partían de la casa de la viuda con cuatro sacos llenos de dinero, joyas, porcelanas francesas, obras de arte y demás objetos de valor. La policía fue informada a la mañana siguiente de extraños sonidos provenientes de la casa de la viuda. Se pensó en un delito mayor, debido al reporte de gritos y voces extrañas por parte de los vecinos. Pero la supuesta víctima simplemente sonreía. Al ser indagada ella aseguró que la cerradura del portón estaba asegurada, así como la puerta de su habitación. Nuevamente lo único que no tenía sentido como en los casos anteriores, es que las puertas no habían sido forzadas. Al finalizar su relato, la joven viuda simplemente suspiró y remató el testimonio: *-En fin, el joven se quedó el resto de la noche y atendió mis necesidades y no sé a que hora se fue-* Rafael sin vergüenza soltó: *-¿sus necesidades?-* Yo volví a darle un golpe en el hombro para que se manejara con prudencia, esta vez más fuerte. Nos retiramos y Camacho se quedó con la satisfecha viuda.

V

Temprano en la mañana Rafael y yo nos dirigíamos hacia la botica del Dr. Roel, la misma que además de ungüentos y medicinas, tenía a la venta exquisitos tés traídos de Asia y Europa. Muchos de ellos se convirtieron en rutina en mi época de estudiante, por eso siempre fui cliente fiel. Allí mismo llegaban diferentes colegas abogados, funcionarios públicos y maestros del Colegio San Bartolomé que se encontraba exactamente al otro lado de la plaza mayor. Esa mañana los ánimos estaban particularmente exaltados. Un documento oficial había sido publicado en la prensa local. Al mismo tiempo, como carta dirigida a los representantes de la capital y de las provincias, directamente del despacho del general Presidente: Una lista de cambios en los decretos de libre cambio de moneda extranjera, la rebaja de impuestos a las importaciones, la entrada en vigencia de leyes de terratenientes permitiendo adquirir tierras de propiedad indígena y la regularización por parte del gobierno de la venta de la chicha, impulsando el ingreso del anís y beneficiando a los fabricantes españoles de aguardiente. Todas estas decisiones contradecían en su totalidad las promesas y acuerdos que, como representantes de los productores de maíz, campesinos y artesanos habían solicitado a las huestes liberales para brindar el apoyo a la elección del gobierno de José Hilario López. Nos dirigimos a palacio a solicitar audiencia. Los ánimos se exaltarían y el mejor movimiento que se podría hacer era tener una respuesta a los reclamos que llegarían a expresarse cuando la comunidad supiese de la existencia de estas injustas decisiones. Después de informar nuestros nombres y asunto al guardia de la puerta del despacho, nos solicitó esperar en el corredor contiguo a la sala de reuniones. Rafael no disimuló su asombro al observar los detalles de la casa presidencial y el lujo que ella contenía. Yo simplemente reaccioné a su cara diciéndole:

-siempre el poder se representará en palacios, lujos, cortinas de seda y picaportes de oro,

mientras aquellos que dan el poder, los del pueblo, viven sus vidas entre el barro y la pobreza-. Su mirada de asombro se rompió cuando apoyó su mano en mi hombro y me preguntó si estaba bien. No sé cómo describir mi inquietud. Rafael me diría después que jamás me había visto tan nervioso y exaltado.

El gendarme abrió la puerta, entró con nosotros y permaneció en pie dentro del recinto. El general López permanecía sentado en su silla con papeles sobre el escritorio y la mirada sobre ellos. Mientras, un secretario tomaba notas y de pie, a su lado estaba Andrés Caicedo, hijo de una familia adinerada de españoles esclavistas y enemigos de la campaña libertadora. Su padre fue acusado de ser uno de los conspiradores anónimos del atentado al general Bolívar en la noche de "la conspiración septembrina" (aquella historia de unos hombres irrumpiendo en su habitación mientras compartía su cama con Manuelita Sáenz, la cual lo defendió espada en mano mientras el general saltaba por la ventana y escapaba de la muerte). Habían sido exiliados por el propio general Bolívar y ayudados por la iglesia en su regreso. Caicedo era conocido en la región como conservador radical y uno de los hombres más ricos de la ciudad. Al observar a este oscuro personaje al lado del presidente, supe de inmediato quién era el causante de esta situación. Reclamé firmemente: - *Señor presidente, mi honor había sido mancillado y mi palabra desestimada al usted imponer leyes contrarias a las promesas transmitidas por mí a las comunidades de artesanos y agricultores. Usted debe entender que esta situación era un polvorín. Pronto aquellos humildes que no sabían leer, conocerían el contenido de estas esquelas y reaccionarían-*. El presidente me miraba en silencio y no reaccionó, mientras Caicedo respondió irónicamente: -Si esa manada de indios no sabe leer, mucho menos podrán reclamar-. Yo no pude contener mi ira. Señalando a Caicedo, directamente, lo hice responsable. -Todo lo que el pueblo reclama, tarde o temprano le será restituido-. -¿Es una amenaza Russi?- Me contestó el presidente.

Sin decir más solicité al gendarme que me abriera la puerta. Rafael detrás de mí se apresuró a salir también.

VI

La suerte estaba echada. Indignado llamé a Rafael a mi estudio. Algo teníamos que hacer. Me dispuse a estudiar todas las posibilidades legales para revertir esta terrible situación. Mientras leía y re leía el absurdo documento, de la calle venían gritos y arengas. Rápidamente me puse mi casaca y mi capa. Salimos a la calle, no sin antes advertirle a mi hermana que cerrara la puerta con cerrojo.

Los artesanos y productores de chicha se habían reunido frente a la catedral con antorchas encendidas y ánimos exaltados. Los hombres y mujeres se agolpaban en la puerta y poco a poco las calles colindantes se llenaron de gente. En medio del tumulto y el desorden, me propuse calmar la situación. Rafael abría el paso y yo detrás buscaba la manera de comunicarme con esta gente enardecida por la injusticia.

Empecé a hablarles a todos los presentes. Era mi responsabilidad dar una explicación. Como primera medida, me dispuse a leer el documento para todos aquellos que habían recibido la información de palabras de otros. "A quien pueda interesar. Se decreta en el día de la fecha: 1. la rebaja o exención de impuestos a dueños de comercio e importadores y el libre cambio de papel moneda, títulos y mercancías. Así como la libertad a comerciantes y personas del común de negociar con sujetos extranjeros a su beneficio. Todo esto propendiendo al crecimiento del país y a su modernización y desarrollo. 2. La libre negociación de terrenos, propiedades, libre parcelación, compra y venta de propiedades asignadas a comunidades no blancas, para su correcta administración y aprovechamiento. 3. La prohibición de producir, almacenar y vender la mal llamada chicha, producto de reputación dudosa y procedencia rustica, la cual envenena a nuestra sociedad por su libre acceso. Los lugares que sigan produciendo y vendiendo dicho menjurje, serán multados y sellados y sus propietarios encarcelados. Difúndase, explíquese y cúmplase".

La muchedumbre enaltecida se disponía a tomar represalias, después de escuchar dicha infamia. Traté de explicarles: -Se que no es justo lo sucedido, pero la solución se da en el salón del cabildo y no en las calles. Les prometo que, de una manera u otra, cambiaré esta situación y les suplico que no arriesguen su vida en vano. Todo lo que ustedes, el pueblo reclama, tarde o temprano les será restituido-.

Dos regimientos de gendarmes se acercaban marchando por la calle que viene de la plaza mayor. Les pedí a todos que se retiraran en paz.

Lo que estaba sucediendo mientras esta pequeña revuelta se desarrollaba, me sorprendió al otro día de una manera desconcertante.

VII

A la mañana siguiente, Camacho el jefe de policía afanosamente llamó a la puerta de la casa. Sin pedir permiso se adentró hacia mi despacho y me llamó con urgencia para trasladarnos a una nueva escena del crimen.

Mientras nos trasladábamos a pie hacia el norte por la calle real, me informó que el delito fue un ataque con extrema violencia a los residentes de la casa. Fueron encontrados amordazados y atados después de recibir una prominente golpiza. Sus bienes, robados. Mientras nos acercábamos al lugar de los hechos, la actitud de Camacho era menos colaboradora de lo usual. Cuando traté de indagar algún dato más sobre el caso, permaneció en silencio. Llegamos al lugar de los hechos y allí entendí el porqué de su actitud. Las víctimas: Andrés Caicedo y su familia. Habían sido trasladados al hospital municipal; esa escena era distinta a las demás. Los muebles de la casa estaban destruidos, la puerta no fue violentada, pero todo era caos al interior de la casa. Sangre por el piso. Lo que vi a continuación, a mí me helaría la sangre. Escrito en la pared de la habitación principal: "Todo lo que el pueblo reclama, tarde o temprano le será restituido".

La ciudad por esos días era más turbia que de costumbre. Los rumores de división y complot contra el orden del estado se acrecentaban. Los delitos elevaron a los del "Molino del Cubo", a la categoría de rebeldes y subversivos. Los ladrones se convirtieron en héroes para los humildes y los robos se acrecentaron de manera importante. Al desbordarse la situación, no solicitaron más mi intervención y el caso ahora era jurisdicción del estado directamente. Para las autoridades era un caos incontrolable. Los días de mercado eran una bomba a punto de estallar y los humildes armados de verduras y bosta, atacaban a los aristócratas criollos, o en tal caso a sus sirvientes fieles a los que tildaban de traidores.

Mientras todo esto sucedía, Rafael y yo intentábamos mantener nuestras labores cotidianas. Atendíamos los casos usuales en los tribunales, prestábamos ayuda y guía a los acusados de delitos y a sus familias. Sin embargo, nuestro improvisado despacho en "El Ventorrillo" debió ser trasladado a mi propia casa. Estar en el mismo lugar donde todo este polvorín se gestaba, me era contraproducente. Pero más allá de todo esto, ver mis palabras escritas con sangre en una escena del crimen, me tenía completamente aterrado.

VIII

Aquel hombre nervioso, pequeño y simple. Aquel que, a pesar de su oficio de herrero y cerrajero, era lánguido y de baja estatura. Manuelito le llamaban ya que nunca se fue de casa de su madre y siempre fue visto como un niño. Manuel Ferro era el conocido invisible, uno de esos hombres que todos conocen, pero nadie reconoce. De rasgos simples, tan común que no se parece a nadie. Su sordera del oído derecho lo hacía siempre tomar una posición extraña para escuchar, que le produjo una forma encorvada en su postura. Mi trato hacia Manuel fue siempre de confianza. Me consideraba un amigo. Trabajaba por encargo en la fabricación de portones, bisagras, candados, cerraduras y llaves. Estaba presente en la mayoría de las diligencias judiciales donde se debía forzar una puerta y realizar las posteriores reparaciones.

Sin saberlo, los acontecimientos me llevaron a su puerta. La necesidad de resolver el misterio de los robos se había convertido en una prioridad de vida o muerte. Rafael encontró esta similitud en todos los casos: la capacidad de los ladrones de ingresar sin forzar las cerraduras. Esto, nos llevó a solicitar su testimonio. Nos recibió en la puerta de su casa, no nos dejó ingresar y con extrañeza noté su nerviosismo. Sudaba en extremo y le era difícil encadenar las palabras. -Manuel- le dije. -concéntrese y dígame si tiene un conocido o un colega pueda ser, que esté ayudándolos- Manuel no me miraba a los ojos, y nervioso se encorvaba para fingir que no escuchaba. -sumerced sabe que no oigo bien. Yo no se nada de eso, mas lo que sabe todo el mundo- A pesar de nuestra insistencia y la obvia actitud de miedo, no se logró sacarle ninguna declaración. Antes de retirarnos, cerré mi libreta de apuntes, y mirándolo a los ojos y hablándole como un amigo: - Manuel, esta situación es demasiado delicada. Mi vida está en peligro y como amigo le pido que me diga quién está detrás de todo esto. Si usted es el que abre esas puertas, es mejor que me lo diga. Yo soy el único amigo que tal vez tenga- Él, sin más que decir bajó su mirada y cerró la puerta.

La mañana siguiente, la ciudad amaneció con pasquines "La Razón de las Conciencias" y a continuación se hacían denuncias concernientes a las injusticias cometidas por el gobierno. Su redacción y contenido demostraban haber sido escritos por un académico, o por lo menos un conocedor del discurso y la oratoria. Se hacía una lista de los funcionarios conservadores y algunos liberales de alta alcurnia. Todos señalados como incitadores de las leyes de libre cambio y abusos contra los derechos de los humildes y artesanos. Casualmente todos estos mismos nombres se encontraban en la lista de víctimas de los robos de la banda. Las suspicacias del origen de esas palabras me señalaban indirectamente.

IX

Mientras los días siguen su curso, trato de repasar cada uno de los acontecimientos que me han traído hasta aquí. Los pasquines seguían apareciendo y fijaban más las miradas en aquellos que nos considerábamos libre pensadores y críticos a una realidad compleja y corrupta. Es así como la suerte estaría echada. La noche del 14 de junio una figurita cruzó la calle de las ánimas y se escabulló bajo la lluvia pasando frente a la chichería y continuando su camino hacia la plaza mayor. El hombrecito que corría al amparo de la noche y el clima se dirigió a la casa de Andrés Caicedo. No era más que Manuelito Ferro. Solo llegué a saber que los hombres de la chichería, junto al forastero, al ver a Ferro pasar, salieron detrás de él. Después de un rato regresó con mayor tranquilidad hacia su casa nuevamente. Lo que sucedió en casa de Caicedo y su importancia sería revelado más adelante en las declaraciones de mi juicio.

Mientras la noche pasó bajo una intensa tormenta, el día se tornó oscuro y gris. Pasé la tarde envuelto en mis papeles con cierto miedo de salir a la calle. Justo alrededor de las 8 de la noche decidí muy nervioso salir hacia la botica del Dr. Roel en la esquina noreste de la plaza mayor. Mientras esto sucedía, Manuel Ferro era conducido por aquel forastero y sus amigos a la chichería. En el interior, en medio de la celebración, era obligado a beber de manera copiosa. Sus acompañantes le traían bizcochos y chicha. En la declaración de testigos, se afirmaba que Manuelito escupía los tragos y la comida debajo de su ruana disimuladamente, pues sabía que aquella treta de embriagarlo era la manera más fácil de envenenarlo o doblegarlo. Resignado a su suerte, fue sacado a tumbos hacia la calle de las ánimas. Para mi mala suerte este plan macabro se llevó a cabo justo frente a mi casa. Mientras el forastero miraba a los ojos al desdichado Manuel, sus dos acompañantes lo encerraron y del oscuro callejón salió un hombre de contextura gruesa, alto y de capa oscura que se encargó de apuñalar sin piedad por la espalda al pobre cerrajero. Agonizante, desangrándose según los testigos, golpeó mi puerta con desesperación. Gritaba "Dr. Russi, me mató, ayúdeme". Esta sería la sentencia de mi muerte. Mis vecinos asumieron estas palabras de forma equivocada en el juicio. Tal vez presionados o por simple confusión. Un grito desesperado de ayuda sería interpretado como una acusación directa de una víctima a punto de morir. Mientras esto sucedía, la mala suerte y el azar jugaron en mi contra.

En tanto disfrutaba de mi té de hierbas en la botica, pregunté en varias oportunidades la hora, debido a que mi reloj se había descompuesto. Mi ansiedad, que era obvia en ese instante, se debía a la preocupación que sentía por los pasquines y la ineficacia en la captura de los ladrones. Después de un rato, Rubiela, la mujer que cuidaba de la casa de Manuel Ferro y su madre, entraban solicitando ayuda al Boticario. Manuelito había sido acuchillado en la calle de las ánimas y estaba herido de muerte y había dicho que sus atacantes eran los ladrones del Molino del Cubo. En ese instante mi curiosidad de investigador le ganó a mi prudencia y pronuncié otra frase que me condenaría: - ¿Luego es que puede hablar? - . La mujer me contestó que sí. Me dirigí con Roel hacia la casa de Manuel Ferro, sin embargo, en la mitad del camino la policía con cinco gendarmes y Rafael nos detuvieron, permitiendo a Roel seguir su camino y a mí simplemente me dijeron: -José Raimundo Russi. Queda detenido por sospecha de asesinato y robo-. Ante la seguridad de mi inocencia solo pude decir: -vamos pues- Rafael nos acompañó, pero uno de los gendarmes se prestó a preguntarle agresivamente. - ¿y usted qué? El muy seguro contestó, -Soy su abogado-. En tono irónico, el gendarme le dijo: -vea pues, el abogado del abogado. Pues doctor le toca verlo en la cárcel-. Le expresé con un gesto que se retirara. Rafael muy nervioso se fue.

Camino hacia el panóptico nacional, la cárcel más infame de toda Santa Fe de Bogotá, entendí que las cosas estaban en mi contra. No comparecí ante un juez, no me leyeron mis derechos y sobre todo, la hostilidad con la que era tratado, me dejaba ver que no era un arresto por simple sospecha. No me ficharon al ingreso a la cárcel. Cuando hacía una pregunta, se me ignoraba. Me di cuenta que tal vez era mejor hacer silencio y esperar a que Rafael averiguara que sucedía afuera.

X

Al caer la noche, pude hablar con Rafael. -Lo atacaron los ladrones y el forastero es su líder. Manuel Ferro alcanzó a decir eso, pero temo que lo acusó a usted por no abrirle la puerta, lo llamó traidor-. Ante esa acusación solo podía rogar que este desdichado hombre sobreviviera, así podría en juicio explicarle que no me encontraba presente para ayudarlo. Rafael fue interrumpido por Camacho. El policía se acercó a la celda y desconcertado nos dio la peor noticia. -Lo siento Doctor, Manuel Ferro está muerto. Está jodido Russi-. El mundo acababa de caerme encima. Rafael fue sacado de la celda. Y mientras lo llevaban fuera pudo decirme. -Maestro, perdóneme, yo sé quién es el forastero, es Ignacio Rodríguez, debí decírselo. Maestro yo mismo lo sacaré de aquí. Se lo juro-. Junto con la puerta se cerraron todas mis esperanzas.

XI

La primera noche de mi arresto fue eterna. Intentaba reconstruir los acontecimientos en mi cabeza y determinar qué clase de pruebas contundentes podrían tener en mi contra.

Al otro día Rafael se acercó a la cárcel con algo de comida y una historia increíble.

Ignacio Rodríguez, aquel forastero de porte particular y mirada desafiante, era en realidad un fantasma. Un fantasma para todos aquellos que alguna vez lo vieron o supieron de sus hazañas.

Rafael tenía catorce años y viajaba junto a su padre desde la ciudad de Cali, donde cumplía compromisos comerciales como representante de un ingenio azucarero. Una banda de forajidos había sido divisada a las afueras de la ciudad. Y el barco que debían abordar había partido antes del itinerario debido al rumor de los ataques de ladrones a las embarcaciones. Nerviosos Rafael y su padre recorren la orilla del río a pie, buscando la manera de atravesar y continuar el camino por tierra. En medio de la noche, se topan con un hombre joven de ropa impecable, acompañado por otro más alto y de menos pulcritud. Amablemente les ofrecen cruzar el río en una canoa que tenían apostada en un puerto improvisado. Sin ningún costo, -simplemente hay que ser buen cristiano- decía el hombre. Rafael nunca pudo olvidar a ese extraño, el olor de su colonia, su cicatriz en el cuello y el anillo. Un anillo de oro con una esmeralda en su meñique izquierdo. El mismo que tocaba copiosamente como una suerte de amuleto. El mismo anillo que vio en manos del forastero en la chichería. El mismo que semanas después saldría descrito en los periódicos.

Rafael siguió su relato mientras recordaba esa travesía navegando por el río Panze junto a esos dos hombres. Fingiendo ser un viajero regular que también había perdido el barco. Aquel hombre atento y peculiar, ocultaba en su equipaje el botín del saqueo de la gobernación del Valle, dejando atrás a cuatro muertos y varios heridos en el asalto. El más intrépido de los ladrones y el más cruel de los asesinos era el buen samaritano que los ayudó a cruzar el río. El mismo que bebía con los pobres de Santa fe de Bogotá esa tarde.

XII

En mi memoria ha quedado cada palabra y argumento usado en mi contra, así como mi estrategia para desmentir todas y cada una de las infamias de las que he sido víctima. El juicio podría ser mi única salvación.

Para la mañana del 25 de abril toda la compañía de ladrones era presa de la policía, y aunque muchos escaparon, solo se necesitó la declaración del moribundo Ferro para capturar a los señalados por él, incluyendo en la misma guarnición a los hermanos Balbuena, los gendarmes cómplices de los del Molino del Cubo, integrantes hasta ahora desconocidos. Lo que no se sabe, es cuán evidente era la cordura del desgraciado Ferro.

Más tarde en la Casa de Justicia de la ciudad de Santa Fe de Bogotá se encuentran reunidos los hombres dispuestos directamente por la Presidencia de la república, para ser los jueces y jurados del caso del asesinato de Ferro, la compañía de los ladrones del Molino del Cubo y de mi propio proceso.

Francisco Eustaquio Álvarez, destacado abogado del colegio San Bartolomé rendirá como fiscal en la causa. Determinado hombre de leyes, pero más allá, un hombre transparente de letras y que, a pesar de ser joven, cuenta con una marcada reputación de honestidad.

Los respetables caballeros que componían el Jurado de Conciencia. José María Triana, Carlos Sáenz, Francisco Londoño, Javier Uricochea y Ernesto Villar. Ellos decidirán mi suerte y la suerte de los otros acusados y buscarían establecer responsabilidades y dictar una sentencia.

Los acusados fuimos ingresados en fila con grilletes en manos y pies y sentados frente al jurado de conciencia. Uno de los jurados procede a leer los nombres y prontuarios de los detenidos: -José Raimundo Russi, acusado de asesinato de Manuel Ferro y jefe de la cuadrilla de ladrones, Ignacio Rodríguez, asesinato de Manuel Ferro y jefe de la cuadrilla de ladrones, Nicolás Castillo, ladrón y asesino de Manuel Ferro, Vicente Alarcón, ladrón y asesino de Manuel Ferro, Gregorio Carranza ladrón y asesino de Manuel ferro, Hermógenes Garzón, ladrón, Dimas Balbuena, traición al cuerpo de policía y cómplice de ladrones, Valentín Balbuena traición al cuerpo de policía y cómplice de ladrones-.   Yo, José Raimundo Russi, asumí mi propia defensa. Solicité a los señores jueces ser despojado de mis cadenas ya que no podía representarme si estaba atado. Francisco Eustaquio Álvarez iniciará así su alegato: -Hoy señores jueces, vengo como representante del estado neogranadino y sus ciudadanos, para mostrar la culpabilidad, de los crímenes antes mencionados por ustedes; a estos hombres, hijos de esta tierra que han profanado el derecho sagrado de la vida en persona del desgraciado Manuel Ferro, quien asumió una carrera de delincuencia junto a estos hombres, y cuando intentó redimirse, su conciencia fue castigada por el golpe del puñal asesino de estos hombres.

También para demostrar que son culpables, de apoderarse de los bienes de personas inocentes y por medio de artimañas viles; los despojaron de sus riquezas ganadas con trabajo o herencia, y utilizándolas para fines oscuros en contra del estado y la comunidad a la que pertenecen-.

Mientras estas palabras eran dichas, entre los presentes podía ver a mi hermana sumida en el dolor abrazando a mi adorada sobrina y a su lado a mi querido Rafael, claramente consternado y atento a todo lo que se decía. Era mi turno de exponer mi propio punto de vista sobre el caso. En mis días de encierro, intenté hacer el ejercicio de separarme de mi condición de reo y asumir mi rol de defensor. Para el momento de exponer mi caso, muchos pensaron que mis declaraciones objetivas eran expresadas con frialdad y esta fue una más de las suspicacias que se darían y jugarían en mi contra: -Estamos en el recinto sagrado en donde los apoderados del pueblo granadino se reunieron, para proveernos de lo que creyeron necesario a nuestro reposo: esta era su misión. Si los jueces al entrar al lugar del juicio, dejaren afuera las pasiones malévolas, representarán a la misma Divinidad distribuyendo la justicia; pero si fueran los sentimientos benévolos los que dejaren, el altar de la justicia será un infierno. El señor fiscal apoyó sus acusaciones en un indicio simple que ha adornado poéticamente transformando una rama seca en una encina robusta a la cual apropia veneno para matarme.

Las pruebas y testigos de este juicio, han declarado bajo juramento y todas las personas que hablaran en él, según la fiscalía han sido testigos incorruptibles. Sin embargo, su caso se montó sobre pruebas circunstanciales. Según la fiscalía, los ladrones del señor Andrés Caicedo hirieron a éste para que no los denunciara. La señora Rafaela Escandón, observó todo lo sucedido y aseguró ver a cinco hombres atacar al susodicho, diciendo que uno de ellos era más alto que los demás, y directamente afirmó que era yo, argumentando la similitud de contextura física. Lo más importante es que ella afirma que escuchó los gritos de la víctima diciendo: Doctor Russi me mató... por lo cual, es la base de la acusación, donde el desgraciado Ferro según ellos, me identifica como uno de sus agresores. Después de esto la mujer afirma que tres hombres pasaban por la dicha carrera 2ª, vieron a Ferro desangrarse y al reconocerlo lo llevaron a su casa. Estos hombres, el señor Cuevas, Uribe y Rivas lo vieron allí entre las 7:30 y las 8:00 de la noche. Manuel Ferro, en su lecho de muerte, aseguró a los presentes; su esposa, el capitán Narváez, y el señor Maldonado, que Ignacio Rodríguez, Nicolás Castillo, Vicente Alarcón y Gregorio Carranza lo habían invitado a tomar, y lo habían llevado frente a la casa de Russi, y en ese lugar un hombre lo había tomado por detrás, propinándole la primera puñalada, después de haber sido visto saliendo de la casa del Sr. Caicedo.

El vacío que sobresale en esta historia implica mi presencia en los hechos. Se pretendía resolver la gran incógnita: ¿Pero en ese momento donde estaba Russi?-

Esta fue la respuesta del fiscal: -Sabemos que el acusado llegó a la botica entre las 7:30 y las 8:00 pm y antes que nada solicito la hora, después de tener respuesta del mismo Doctor Roel, la criada de Manuel Ferro llega, exigiendo ayuda para el niño Manuelito y solicitando con urgencia a Roel para que la acompañe para salvar la vida del desgraciado herrero. Luego Russi hizo una pregunta que dejaría ver su culpabilidad: ¿luego habló? aseveración que fue confirmada por la criada y por Roel, quienes se extrañaron de éste al hacer esa pregunta, previendo que tal vez lo acusaría. Además de salir de mala gana a acompañar a Roel. Al tomar camino hacia la casa de Ferro, Russi decidió ir por una calle más concurrida, pero según la ubicación de la casa de Ferro y la de Russi, este era el camino más largo para llegar al lugar. Además, saludaba a todo el mundo así no lo conocieran, según declaraciones del Doctor Roel, a quien esto le pareció extraño.

El jefe de la Policía Góngora aseguró que al encontrarse a Russi, el no mostró ningún desacuerdo con dejarse llevar preso, asumo que, por resignación, porque debió saber inmediatamente que había sido denunciado por el moribundo Ferro".

A esta maraña de mentiras y hechos verídicos acomodados falsamente respondí: -Ese es, señores Jueces, el cuadro fiel de los materiales jurídicos con los que el señor Fiscal acusador, edifica la grande obra de la ruina de mi existencia. Y es por esto que vengo hoy a defenderla. El primer eslabón de esta cadena de cargos que se me imputan, está en el dicho de Manuel Ferro. El señor Fiscal no trató nunca en vida ni conoció a Manuel Ferro, y no tiene certeza de sus costumbres Morales y religiosas de este individuo, las cuales se le atribuyen gratuitamente, luego al basarse sobre semejantes datos, la acusación se edifica en el aire. Manuel Ferro, según el dicho de varios individuos, deliraba con venganzas y maldiciones: esto demuestra que sus costumbres eran impuras; hay pruebas de que era un hombre de taberna, que se embriagaba siempre, que su madre lo espiaba por celos, y que, en noches previas, esta le seguía los pasos para observar sus acciones de prostitución. Esto demuestra, que el señor fiscal se basa en suposiciones y yo me baso en hechos. Es importante ver que tan intachable conducta tiene un testigo para medir su incorruptibilidad. Supongo gratuitamente que Ferro se encontraba fisiológicamente perfecto para ser tomada su declaración como prueba, siendo así y si yo me opongo a lo dicho por él, es necesario que el acusador demuestre con una prueba la veracidad del testimonio de Ferro. El dicho aislado de ferro al decir: me mato doctor Russi. En esta aseveración, el no dice el por qué lo heriría yo, qué motivos tendría, además, no se puede demostrar; si me acusa al no abrirle la puerta, o por algún hecho, que nunca se nombra. Como también la declaración de la señora Rafaela Escandón mi vecina, es tergiversada porque ella escuchó: me mató, Doctor Russi. Esta frase es sustentada al golpear la puerta de mi casa, o ¿por qué un hombre al ser atacado, pediría ayuda en la misma casa de su asesino? Ella entendió que yo había atacado a Ferro. Las declaraciones posteriores, si es que son ciertas, ya que no hay prueba de ello, podrían ser el resultado del enojo de Ferro al creer que yo no quise abrir la puerta y al sentir abandono de mi parte por no auxiliarlo en ese momento.

Se asume que soy amigo o conocido de estos hombres, Rodríguez, Carranza, Alarcón y Castillo, que andaba con ellos. Se presume eso debido a que en más de una oportunidad a tres de ellos, yo los defendí desde el despacho parroquial y en las cortes, pero eso señores jueces, fue la tarea que me asignó el mismo gobierno, y por convicción propia, para ayudar a las pobres gentes. Castillo, Carranza y Alarcón, bajo juramento, han declarado que no son más que conocidos míos, y que yo les he servido en mi tarea de abogado alguna vez, nada más. Es obvio que los hombres por el hecho de compartir un saludo, no son necesariamente amigos. Además se asegura que me vieron en el Molino del Cubo, y en esa oportunidad fui a cobrarle a Castillo un dinero por mis servicios de abogado, además de compartir por casualidad un día con Alarcón y Ferro a los cuales los encontré juntos en el río de Los Laches un domingo. Esos son los llamados momentos de "amistad" compartidos por mí y por estas personas. Con respecto a Ignacio Rodríguez nunca supe de su existencia, más allá de verlo en El ventorrillo en una oportunidad y después de eso vine a encontrármelo ya en la cárcel. No tuve nunca conocimiento de que estaba manchado por el delito simplemente porque no lo conocía. No existen pruebas reales contra mí, solo aseveraciones de un hombre moribundo, borracho y desgraciado, así como suposiciones de personas de quienes no puedo demostrar su buena fe. Cuando el moribundo golpeó la puerta, en mi hogar permanecían mi inquilino Rafael, y mi sobrina, los cuales están a más de 30 varas al fondo del portón. Por eso no escucharon nada, de haber sido así todo sería diferente.

En mi declaración, en la misma noche que fui capturado, determiné haber salido de mi casa a eso de las 6:30, cuando por el hecho de tener dañado mi reloj, no tenía conocimiento exacto de la hora, hasta cuando llegué a donde Roel y solicité la hora. Después de esto en la botica de Roel, llegó la sirvienta de Ferro decir que él había sido herido terriblemente por alguien en frente de mi casa, a lo que reaccioné preguntando si podía hablar. Esto porque a mi parecer en ese momento, podría establecer la gravedad de sus heridas, al saber si estaba consciente o no, cosa que fue malentendida por los testigos, además de estar preocupado, debido a que Ferro me sirvió algún día con bien y no fui indiferente como se me quiso mostrar en las declaraciones dadas por el fiscal, el camino tomado por Roel y yo, no es el más corto para mi casa, pero sí para la casa de Ferro a donde nos dirigíamos.

Por último, señores Jueces, asumí el hecho de ser llevado preso, debido a que no temo nada, y en ese momento, resolví que tal vez querían interrogarme, debido a que los hechos sucedieron en frente de mi casa. Un hombre que no es culpable, se entrega sin miedo ni pesar, porque sabe que será libre pronto. Pero yo he sido víctima de enemigos más poderosos y agazapados en su posición y poder, para destruir mi honra y mi buen nombre. ¡Jueces! Yo no he cometido ningún delito, y ni el señor fiscal, ni ustedes tienen una verdadera prueba de ello, porque en mi hogar solo encontraron las herramientas de mi trabajo, mis libros y mi cuadro de Napoleón observando la tumba de Federico, el cual solo lo tengo como ventana de inspiración. ¡Soy inocente! No tengo remordimiento ni culpa de nada... solo pido al altísimo, que esta sucia trampa sea develada por su criterio jueces, y que Dios les muestre que los malos juicios en la tierra son redimidos en el cielo".

Lo que llegué a saber al ser conducido a la celda en la noche después del primer día de mi juicio me heló la sangre. Asumiría que si este complot en mi contra llegaba a alcanzar su cometido, yo sería enviado a Cartagena al penal de trabajos forzados o seguiría en el panóptico el resto de mis días, sin embargo casualmente se habría firmado una nueva ley esa misma noche:

"A todos los ciudadanos de la ciudad de Santa Fe de Bogotá y de la Nueva Granada, el excelentísimo General y presidente, José Hilario López decreta: Que todos aquellos que sean sorprendidos cometiendo el delito de hurto agravado, Asesinato o tentativa del mismo, serán condenados a la Pena de Muerte, esta ley es llevada a cabo a partir de la fecha, con reos aún no condenados, y todos aquellos que sean declarados culpables de estos crímenes en el futuro."-

El tribunal del pueblo y el jurado de conciencia, entra a la deliberación final, y ante la correría de testigos y argumentos vacíos, solo me quedaba mi argumento final.

Aquel fiscal tenía la mirada distinta. Hablaba con inquietud a los Jueces, y de alguna manera su postura fuerte e inexpresiva se había dado vuelta. Nombrándose como hombre de Dios, pidió hacer respetar el sagrado juramento de buscar la verdad, y de condenar solo a aquellos que lo merecen. De alguna manera su conciencia le decía que algo no estaba bien.

Mientras yo mismo me señalaba solo podía decirle a los Jueces: -¡Miren al ladrón! este es el ladrón que no ha tenido más que este simple traje, para venir a defenderse, miren al asesino, que siempre ha pensado que la justicia viene en manos de los libros de leyes y la ley de Dios y no bajo la mano asesina de aquellos que imponen el terror con amenazas de sable y pólvora. A Dios y a ustedes jueces, yo les digo, ¡Soy inocente y he vivido con pureza! hoy soy herido de muerte por hombres que no saben lo que han hecho. Si su decisión es mi muerte, muero inocente y sin ningún remordimiento, yo les pido con la cabeza en alto misericordia y justicia-.

A pesar de la sucia campaña para destruir mi reputación, fueron muchos los hombres y mujeres humildes que se agolparon a los juzgados y me apoyaron con ímpetu.

Mientras mis manos temblaban y trataba de mantener la compostura, de alguna manera el veredicto lo sabía. El complejo complot había sido fraguado con éxito, enlodando de paso a un respetable colega como lo era el fiscal. En algún momento pensé que tal vez la providencia o la suerte harían algo de justicia y aquella condena para la cual no estaba preparado tal vez cambiaría. Escuchar las palabras me quitaría la esperanza por completo.

-La cámara de jueces y jurados de conciencia de la ciudad de Santa Fe de Bogotá determina: Se ha cometido delito de asesinato premeditado en la persona de Manuel Ferro. José Raimundo Russi, Nicolás Castillo, Vicente Alarcón, Ignacio Rodríguez, y Gregorio Carranza, son hallados culpables de asesinato en primer grado. Se ha cometido delito de robo en cuadrilla de malhechores. Los anteriores acusados Russi, Rodríguez, Alarcón, Castillo y Carranza, junto a Garzón, y los hermanos Balbuena, son culpables de robo en primer grado. Por lo anterior, José Raimundo Russi, Nicolás Castillo, Vicente Alarcón, Ignacio Rodríguez, y Gregorio Carranza; son condenados a muerte fusilados, mañana 15 de junio del año de nuestro señor 1851 al amanecer. Por otro lado, los otros acusados son condenados a veinte años de presidio, con seis años de trabajos forzados. Es la decisión del pueblo de la nueva granada. Que dios se apiade de sus almas-

.

Un gran escándalo se dio en el recinto, mientras hombres aplaudían y gritaban, los pobres agolpados gritaban justicia e improperios contra los jueces que se retiraban en ese momento. Francisco, el fiscal, me miró con cierta misericordia y mientras se ponía de pie su altivez se disipó y bajo su cabeza sin hacer ningún gesto. Mientras salía del recinto noté que Caicedo le ofreció la mano, y Francisco no se la dio y sin decir nada se retiró. En ese momento nos llevan fuera de la sala y ya nos acompañan los monjes del claustro, cada uno asumiendo su rol de confesor para pasar la primera noche de la larga espera que viviríamos en el calabozo antes de morir.

XIII

La puerta de la celda se cerró sin esperanza. La injusticia del veredicto y sus consecuencias eran claras para los iletrados y humildes, pero nubladas y cuestionables para los poderosos y secuaces de la maquinaria sanguinaria que reclamaba mi cadáver para calmar su miedo a las ideas de justicia que, para muchos, yo represento.

La oscuridad del panóptico no era total, gracias a la luz de la luna que entraba por la claraboya en el centro del techo, sin embargo, a altas horas de la noche la lámpara del custodio se acercó a mi celda. Junto a él dos hombres cubiertos con capas. El guardia abrió la celda y con una seña uno de los hombres le indicó que se retire. Llegué a pensar en ese corto instante que cumplirían la sentencia de manera cruel, sin esperar los meses de cárcel que se me permitieron vivir. De repente esta sensación de miedo se volvió tranquilidad al descubrir que bajo la capa estaba mi amigo Rafael. -Tenemos un plan- me dijo ansioso. Mi asombro fue mayor al descubrirse el segundo hombre. Era Francisco, el fiscal. - ¿por qué este hombre está aquí? Con desdén solicité a Rafael. Francisco se adelantó a la explicación de Rafael y simplemente dijo: -Sé muy bien que es inocente. La justicia fue manipulada y me utilizaron vilmente para condenarlo. Yo mismo me encargaré de sacarlo de aquí-. -Confíe en nosotros Doctor- dijo Rafael. -No escriba nada, su correspondencia es leída por ellos y además, las visitas están restringidas. Podemos venir a verlo de vez en cuando. ¿se acuerda de Sigifredo? – Yo asentí. -Él es el jefe de la guardia nocturna- Recordé que tenía una deuda de honor con nosotros por un caso de expropiación, donde le salvamos la casa a su madre. -El va a ayudarnos. Estaré indagando por mi parte con las familias de los ladrones y testigos que fueron presionados a no declarar-. Yo no entendía cómo habría podido saber todo eso. Francisco lo interrumpió -Estuve presente en los interrogatorios de varios testigos que afirmaron con pruebas fehacientes su inocencia, pero los jueces no les permitieron hablar. Presencié muchas otras irregularidades- Al final mi acusador, este hombre honorable el cual también fue presionado a condenarme es mi última esperanza junto a mi querido ahijado.

Lo que no sabían mis enemigos, es que aún existen personas con espíritu noble y este hombre era realmente sincero e incorruptible; no podía con su propia conciencia y decidió ayudarnos. Todas las pistas que Rafael recolectaría se darían al representante del consejo de diputados de La Nueva Granada, junto a los testimonios del fiscal y de los otros testigos, buscaríamos que se reabriera mi juicio y se iniciara un proceso sancionatorio a los jueces, al jefe de gobierno y al mismo presidente López si así las pruebas lo demostraban. Francisco haría su papel de infiltrado y recopilaría información para guiar a Rafael hacia el camino indicado donde se demostraría mi inocencia. Para mí, siempre existió un plan más oscuro detrás de la situación desestabilizadora de los últimos tiempos en la ciudad y la reciente ley de libre cambio y entrada de empresas extranjeras. El enemigo era demasiado grande y más poderoso de lo que pensaba, pero la justicia prevalecerá siempre. Es la única verdad absoluta en la que yo creo.

Con un abrazo sentido como lo daría un hijo a su padre, Rafael se despide de mí y yo, tratando de no desmoronarme intento no romper en llanto por el miedo que me embarga. Con un apretón de manos y un agradecimiento sincero por su valentía, despido a Francisco, él advierte que no le será posible regresar a visitarme sin embargo pide total confianza en que su apoyo será incondicional. Y así los veo partir en medio de la oscuridad, esperando que su tarea llegue a buen puerto. No guardo esperanzas para mí, pero a la vez deseo que sus esfuerzos tengan éxito.

Antes de que mi destino cambiara de manera funesta, yo estaba cerca de encontrar una conexión con las empresas productoras de maíz que competían con los agricultores de la región, así como el mercado abierto empezaba a generar dinero para los ricos de la ciudad y terratenientes que alquilaban sus parcelas para dichas empresas, sin pagar impuestos ni aportar nada de valor a la sociedad. El librecambio impuesto por el gobierno con engaños, permitía que estos mercaderes desalmados explotaran nuestra tierra sin piedad y empobreciesen a los humildes campesinos que son la base de nuestra comunidad. Antes de llegar a las pruebas que necesitaba, fui empujado y comprometido con todos estos terribles acontecimientos de los cuales fui culpado y condenado. Aquí es donde la ficción que tanto admiraba en las tragedias griegas y la literatura oriental que tanto amé, podrían darme un ejemplo de cómo el hecho de lograr un cometido puede hacer que los hombres recurran al lado más oscuro de su ser y empleen terribles maquinaciones para destruir a aquellos que amenazan su forma de vida corrupta. Me pregunto ahora: ¿y si ellos mismos fueron los que crearon a la banda del Molino del Cubo?, ¿y si para ellos mi trabajo con las clases populares representase un objetivo político que amenazaba estos compromisos con los poderes extranjeros que buscaban nuestra riqueza natural? ¿Si todo esto fue hecho simplemente para decirle al pueblo que no tendrá nunca la posibilidad de manejar sus propios destinos? Yo sería el estandarte, sin quererlo, del agonizante grito de libertad y justicia para los hombres y mujeres que viven y mueren por esta tierra, que les brinda un hogar y seguridad a su familia y descendencia. Nosotros los representantes de la justicia de aquellos que no tienen voz, podemos ser mártires para mantener esta sagrada condición y mi vida tendrá el valor que siempre pretendí darle si aquello llegara a suceder. No importa qué pase al final. Mis intenciones solo son el bienestar y la transparencia de la justicia para los hijos de la Nueva Granada. Ahora la lucha de mi querido Rafael es demostrarles a todos que mi sacrificio no es en vano. La muerte puede encontrarnos intentando, ya eso es un logro inmenso. No se trata de ganar sino de demostrar que luchar por la verdad es la esencia de ser un hombre revolucionario y honorable.

XIV

Alcanzar un estado de tranquilidad en medio de la soledad y oscuridad de la celda, era un ejercicio mental extenuante. Trataba de mantener la cordura y la lucidez en medio de la agonía de esperar a la muerte. Sin embargo, aquella estrategia planeada por mi querido Rafael y su inesperado colaborador, cumplía de alguna manera como un aliciente para mantener la esperanza. El plan me era completamente desconocido en su ejecución, solo la advertencia de una comunicación, era lo único que recibía para estar preparado para lo que se venga.

Sigifredo, nuestro guardia de confianza, nos sirve de correo humano yendo al encuentro de Rafael para recibir una carta redactada en francés, alemán o latín (lenguas que Rafael y yo sabíamos hablar), y la esconde en su uniforme y me la entrega en medio de su turno de guardia nocturna. Esta estrategia debía ser usada, ya que a los guardias no se les permite el acceso a la correspondencia de los reos. Y la seguridad que nos brinda su lealtad y su incapacidad de leer los mensajes, nos da mayores garantías de mantener la información en secreto. Francisco deja sus mensajes en la segunda banca del centro de la iglesia de La Candelaria, la cual tiene una tabla floja. Rafael buscaba el mensaje, para así no tener contacto directo y liberar a Francisco de sospechas. Es de esta manera como supe de primera mano cómo avanzaba la investigación. Las cartas llegaban con cierta regularidad. Sin embargo, cada uno de mis colaboradores trabajaba sin comunicarse uno con el otro.

Rafael comenzó desde el día de mi captura hacia atrás. Sus indagaciones habían iniciado con los testigos presenciales, teniendo la previsión de no revelar un interés directo, pero tratando de sacar detalles de cualquier declaración. Lo complejo venía de una cierta "amnesia selectiva", o así le llamó él en sus misivas a las declaraciones de los hechos por parte de los testigos, los cuales no lograron describir los hechos tal y como lo habían expresado en las audiencias. El doctor Roel, mi vecina, el jefe de policía y algunos de los testigos de mi arresto y traslado tenían algo en común: todos sabían leer. Cualquiera se preguntaría ¿qué relevancia tiene este detalle? Simplemente no existía ningún testigo analfabeto o de procedencia humilde. Esto llevó a Rafael a deducir que tal vez existiría un guion. Unas declaraciones preparadas y recitadas de memoria al pie de la letra. Incluso las similitudes de términos utilizados en cada una de las declaraciones eran tan exactas que, en una de las misivas de Francisco, este detalle salió a la luz debido al acceso que él tenía a los archivos del escribano del juicio.

De alguna manera este camino podría llevar a Rafael a ser descubierto. Así que por consejo mío le sugerí reunirse con los representantes de las ya organizadas "Sociedades Democráticas". Estas organizaciones con fines políticos eran compuestas por personas humildes pero educadas en los claustros improvisados por los franciscanos y pasaban desapercibidos entre los artesanos.

Muchos de ellos servían como secretarios o mayordomos de las élites santafereñas. Toda una red de informantes clandestinos. Yo sabía de su existencia y apoyaba su causa brindándoles consejo y asesoría. Sin embargo, algunos de ellos tenían planes más allá de la simple información. Todo este caldo de desigualdad empezaba a gestar un movimiento real de choque. Mi encarcelamiento y juicio habrían sido tomados como una afrenta a sus ideales y se abanderaron a favor de mi causa al conocer a Rafael y sus intenciones de demostrar mi inocencia.

Rafael a pesar de la ayuda, seguía siendo prudente, así que no nombró a Francisco en ninguno de esos encuentros. Por su parte, Francisco continuó prestando servicios en los tribunales mientras buscaba entre la múltiple documentación resultante del proceso de mi condena una pista o elemento que hubiera sido pasado por alto.

Una tarde, pasadas las 6, el secretario del mismo Andrés Caicedo entra a su despacho y le solicita lo acompañe. Francisco inexpresivo accede, pero como después me explicaría en su carta de esa misma noche, su miedo a ser descubierto era intenso. Tomaron la calle real y pasando los límites de la ciudad hacia el norte, arribaron a los linderos de la Hacienda Chapinero. Allí se encontraba el claustro de San Diego. En su interior la capilla y más allá el seminario. Juntos se dirigieron al interior del edificio y al final de un largo pasillo, una puerta se abría y una escalera hacia un sótano los conducía a una sencilla sala de reuniones. El cardenal y algunos prestantes criollos y españoles que se quedaron en la Nueva Granada estaban presentes. Caicedo recibió con agrado a Francisco y le invitó a sentarse. Lo narrado después me helaría los huesos. La reunión comenzaría con una plegaria al santísimo, pero bajo una estricta ceremonia descrita por Francisco como medieval. Escrituras recitadas en latín y un rito desconocido por él. Esto lo llevó a la conclusión de que se trataba de una secta o logia. Él mismo era Masón y no le eran desconocidas este tipo de ceremonias. Las pruebas que tanto buscó en los documentos saldrían a la luz en medio de la reunión. Afanosamente preguntó a qué se debía su presencia en el lugar. Caicedo lo presentó formalmente como el instrumento enviado por Dios para detener a los impíos encabezados por Russi y sus lacayos, gestores de la plaga de las ideas liberales. Los hombres presentes le daban la mano y le agradecían su impecable actuación para llevar a cabo el plan que tanto les había costado implementar. Francisco atónito escuchaba a cada uno de los presentes ufanarse de la genialidad de su estrategia y la macabra frialdad con que describían cada uno de los elementos que componían esta línea de acontecimientos que llegaba a mi terrible destino como clímax. Todos estos hechos fueron memorizados por él y consignados en una carta que después de muchos esfuerzos llegó a mis manos. La reunión terminó y Francisco fue llevado nuevamente por el secretario de Caicedo hasta la puerta del hotel donde se hospedaba. Rápidamente esperó que la noche avanzara y mientras estas horas transcurrían, su puño y tinta no se permitieron descanso. Uno a uno describió quiénes eran los implicados y qué papel cumplieron en el terrible complot en contra del gobierno liberal, los hombres y mujeres de la Nueva Granada y sus representantes. Todo con el fin de mitigar una supuesta revolución e implantar un gobierno conservador regido bajo las leyes ortodoxas y buscando reincorporar los favores de la corona española, perdidos desde hacía casi 30 años. Con la ansiedad de quien conoce la verdad de un terrible secreto salió con esta valiosa información hacia la iglesia de la Candelaria.

XV

Rafael persiste en encontrar respuestas. Los reos que me acompañaron en el juicio se negaban a hablar, así como sus familias. Ignacio Rodríguez era el único al cual Rafael no le pedía audiencia. Su recuerdo de niñez de este tétrico hombre le causaba inquietud, sin embargo, era una ficha clave. Al paso de los días un niño pequeño golpea en la puerta de casa desesperadamente. Rafael abre la puerta y descubre que este niño es el hijo de Vicente Alarcón, uno de los ladrones. El niño lo toma de la mano y lo lleva consigo en medio del mercado hasta una callejuela y un pasaje de artesanías perteneciente al Mayor Rivas. Allí en una pequeña banca dentro de una tienda permanecía su madre, agotada de tejer canastos. Al verlo con su hijo, rápidamente lo hizo entrar y cerró la cortina del frente del local. Le explicó rápidamente que la suerte estaba echada y que ella se iría de la ciudad. Le aseguró que su esposo había actuado de buena fe y que faltaba uno de los hombres que acompañaban a su marido en los golpes de la banda. Sus palabras según la carta de Rafael fueron: "Aun anda suelto uno y es peligroso, ese buitre me da miedo". Rápidamente le dio un canasto nuevo y lo empujó fuera. Rafael salió del pasaje como otro comprador más y con el rabillo del ojo notó que en el fondo del canasto había un papel. Conteniendo su ansiedad intentó mantener la calma, pues no dudaba que alguien podría estar vigilándolo. Su sorpresa fue mucha al notar que este papel contenía una dirección y la descripción de una casucha: una pensión de adobe perteneciente a la comunidad de Las Hermanas Carmelitas, usada como albergue de vagabundos y que estaba en la orilla de la quebrada del río San Francisco a varias cuadras de la plaza mayor, además de las palabras: "Donde los muertos permanecen en pie, es el lugar donde los buitres se posan". Mientras la tarde transcurría, Rafael intentaba armar el rompecabezas de todo lo que había logrado averiguar con la red de informantes de las "Sociedades Democráticas". Antes de las 8 de la noche, uno de ellos golpeó a su puerta. Le advirtió que no abriera la puerta. El mensaje era simple. Caicedo había ido a buscar al fiscal y estaban en el claustro de San Diego. Rafael inquieto pensó lo peor y decidió dejar al destino la suerte de Francisco, seguro de que su actuar había sido siempre sincero y que no lograrían comprobarle absolutamente nada. Esperó que cayera la noche y fue a vigilar la casa donde se alojaba el misterioso "Buitre". Un escalofrío de muerte pasó por su espalda al ver salir a este inmenso hombre de sombrero elegante y Capa española. Según el, era exacta a la que usaba yo en mis días de reuniones y compromisos formales. Con cautela iba siguiendo sus pasos por la calle y con paso rápido el tétrico personaje caminó hacia el sur por la carrera 5a. Los porches de las puertas y la neblina de la húmeda noche ocultaban la presencia de Rafael, pero le costaba seguirle el paso. De repente a lo lejos en la esquina de la calle once con carrera quinta, Francisco pasa rápidamente hacia la iglesia de la Candelaria.

Rafael quedó petrificado al ver que Buitre cruzó la calle bajo el manto de las sombras de las casas como un animal que acecha a su presa. Sin mediar palabra, tomó a Francisco por la espalda lo agarró del cuello con el antebrazo y deslizó con frialdad la fría cuchilla por su garganta. Los intentos de Francisco de defenderse fueron infructuosos y mientras Rafael atónito vio esta cruel escena desde su escondite, el miedo no le impidió observar que el Buitre esculcaba afanosamente los bolsillos de Francisco, mientras él yacía desangrándose en el atrio de la iglesia. Al fin encontró unas hojas de papel que, supuso Rafael, era el mensaje que iba a dejar para él en el escondite de la banca de la iglesia. El asesino se arrodilló y se persignó frente al cadáver del desdichado fiscal y regresó corriendo por la calle hacia su casa de nuevo. Rafael parapetado en una columna de una de las casas logró pasar desapercibido y regresó a casa con el terror de verse acabado.

A la media noche Rafael, sin la precaución de siempre, llega a mi celda. A sabiendas que arriesgaba su vida, prefirió correr el riesgo de venir y en persona decirme la terrible verdad: Alguien los había traicionado. Todo estaba perdido. Mi resignación no se mitigó con el juramento de Rafael. Me juró que él mismo iría por Buitre y revelaría la verdad a costa de su propia vida. Si ese hombre permanecía vivo el moriría. Me mostró el papel de la mujer de Alarcón. El acertijo para mí fue muy claro. Donde los muertos permanecen en pie, es el lugar donde los buitres se posan. Me dispuse con pluma y papel a dibujarle un mapa. Lo despedí a mi amigo con la seguridad de que jamás lo volvería a ver. Pero confiaba ciegamente que él haría justicia. Con el abrazo que solo puede darse entre un padre y su hijo, Rafael partió y yo, al verme ahora sí realmente solo, caí en silencio a mi soledad y lloré como nunca lo había hecho. La muerte salió de la sombra y comenzó a abrazarme.

XVI

No dormí por dos noches, la cercanía a la muerte me había descompuesto el cuerpo y el alma. La mañana sería peor. En las puertas de mi celda esperando ingresar se encontraba un fraile. Sabía que había empezado el último día de mi vida.

El fraile me bendijo y solemnemente me informó que se me permitiría recibir visitas en el transcurso del día de aquellos que solicitaran verme, fueran familiares, amigos o deudos. Al anochecer pasaría mi última noche en ayuno y la sentencia sería llevada a cabo al amanecer. Me dediqué a terminar este diario mientras tuve fuerzas para escribir. Solo me detuve para recibir a mi hermana y mi sobrina. Les pedí fuerza y que no presenciaran ese terrible espectáculo que sería mi muerte. Recibí los regalos de mis amigos y los artesanos enviaron José María Espinosa. Un pintor cartagenero para que me hiciera un retrato. Lo recibí por petición de mi sobrina ya que quería recordarme tal y como era en vida. A todos abracé, a todos les dije lo que tenía pendiente por decir. Pensaba en los días en que era respetado y querido, en mi niñez en Santo Eccehomo y los campos abiertos de Boyacá, pensaba en las mujeres que amé y nunca les pedí matrimonio. Pensaba en la universidad, en Europa, en las horas y horas de lectura entre los libros y la ilusión de hacer justicia, de hacer del mundo un lugar de igualdad y libertad. Pensaba en los rostros de los humildes, de los que pagaban por mis servicios con una hogaza de pan o una gallina. En sus niños que crecerían en una tierra injusta que los empujaría a la guerra y a la muerte prematura. Solo quería que vivieran felices. Yo solo quería pasar por el mundo y dejar algo bueno.

Ya las manos no me dan, siento náuseas y un dolor que me parte la espalda.

Ha caído el sol y con la noche llegan mis últimas palabras. Esta tierra estará condenada a repetir esta historia, mi historia, hasta que el mundo deje de respirar. Los hombres que nacen en una tierra contaminada de odio y prejuicios, jamás encontrarán paz para sus hijos. No guardo rencor, pero tampoco guardo esperanza para esta pobre e infeliz patria.

El sol se asoma en el horizonte y los pasos de mis verdugos se acercan cada vez más. Tengo miedo. ¡¡¡Pero ante los ojos de Dios y de los hombres… Muero Inocente!!!

EPILOGO

(De las palabras del diario de Rafael Aguilar)

Salí de la cárcel por la puerta lateral y Sigifredo, nuestro amigo y cómplice se despidió de mí con la resignación en el rostro. Dejar al doctor Russi sin esperanza alguna fue más doloroso de lo que había imaginado. Corrí a la casa, tomé algunas pertenencias y me dirigí a los establos del barrio Egipto donde alojaba a un pura sangre que perteneció a mi padre y era una de las herencias que me había dejado después de su muerte. Era un caballo árabe hermoso y fuerte, entrenado para carreras y travesías de largo trayecto. Sabía que alcanzaría al miserable Buitre al galope de mi querido "Alanos" llamado así por la similitud que tenía en su porte al caballo de la estatua del emperador Marco Aurelio.

Con el mapa improvisado que me había dibujado el Doctor, tomé camino hacia San Bernardo, un pueblo perdido en las montañas hacia el sur que distaba casi cien kilómetros. Tardaría 5 horas en llegar a galope.

Mientras salía de la ciudad la muchedumbre susurraba en las esquinas. Las comunidades campesinas y las "sociedades democráticas" estaban exasperadas. Podría haber aprovechado este estado de efervescencia y tratado de tomar por asalto el reclusorio, sin embargo, sería un baño de sangre innecesario. Continué mi camino desesperado tratando de entender cómo habíamos podido llegar a este estado de las circunstancias, quien nos habría traicionado. Las respuestas las tenía ese último mensaje de Francisco que ahora estaba en manos del macabro Buitre, el mismo que yo estaba persiguiendo.

No sentí ni el dolor de la montura ni el cansancio. Alanos resoplaba mientras continuaba corriendo. Su resistencia estaba casi ligada a mi determinación y mi corazón no paraba de latir de ansiedad al ritmo del galope de mi adorado caballo. Finalmente cruzamos el valle del Sumapaz y el pequeño poblado se veía a lo lejos. Con cautela continué el resto del recorrido a pie y llevando a Alanos de las riendas le permití que pastara lo que iba recogiendo yo por el camino.

Observaba con detenimiento a los pocos pobladores y era obvio que todos se conocían. El poblado no tendría más de cuatro cuadras a la redonda de una pequeña iglesia. La frase retumbaba en mi mente "Donde los muertos permanecen en pie, es el lugar donde los buitres se posan". Después de mucho analizarlo recordé aquellas historias que había escuchado de niño y provenían de los indígenas y esclavos liberados de la región. Se decía que al sur del Sumapaz la tierra estaba embrujada y que los muertos no se consumían. Sus cadáveres permanecían casi incorruptibles después de mucho tiempo de ser desenterrados. Pregunté a una mujer de una chichería si conocía a algún hombre de las características del Buitre. Es así que sin pensarlo ella sobresaltada me dijo: -es Nepomuceno, el sepulturero- Me advirtió que no fuera. Le pedí que cuidara de mi caballo y le di algunas monedas. Saqué mis alforjas y en ellas tenía la vieja pistola de mi padre. No fui nunca un hombre de peleas ni violencia. Pero sabía luchar y sabía recibir golpes. Esperaba lo peor y estaba listo para ello. Con cautela me acerqué a las puertas del Cementerio. Ya caía la noche y la luna llena me daba la suficiente luz para cruzar entre las tumbas y entrar a las bóvedas del panteón. Hacia el fondo de esta húmeda y apestosa catacumba pude ver el resplandor de una luz. Al acercarme noté sombras, figuras humanas a mi alrededor. Cuál sería mi sorpresa al descubrir que eran cadáveres. Todos de pie apoyados en las paredes y totalmente momificados. Algunos conservaban su cabello y la expresión de su rostro. No podría describir el terror que sentí. Aunque nunca fui supersticioso, me sacudí el asombro y resolví ver estas figuras realmente como eran: cadáveres, huesos y piel. Nada más. Seguí mi camino a través de este dantesco escenario. Me acerqué despacio a la habitación de donde provenía la luz. Saqué mi pistola la cual estaba cargada con anterioridad. Tendría solo una oportunidad, solo un disparo. Este ser maligno no merecía compasión y yo debía tener ese papel que revelaría toda la verdad y si me daba prisa, podría salvar o al menos darle tiempo a mi amigo de sobrevivir. Mis manos temblaban y con determinación atravesé la puerta. No estaba allí. Luego sentí una presión inmensa en mi cuello y espalda, el Buitre intentaba despojarme de mi arma mientras yo forcejeaba con mi otro brazo para evitar que me estrangulara. Estaba a punto de perder el conocimiento cuando logré apoyar mis piernas en la pared y lanzarnos juntos al vacío de las catacumbas. Los dos caímos y yo casi sin conciencia trataba de levantarme. Buitre claramente no podía moverse, pero su determinación de acabar con mi vida lo empujaba arrastrándose hacia mí. Yo salí mejor librado de la caída. En medio de la oscuridad podía oír sus graznidos de dolor y su ira maldiciéndome mientras me agarraba las piernas. En la oscuridad absoluta y dándome por perdido, buscaba afanosamente con mis manos cualquier cosa que me permitiera golpearlo, al final encontré mi pistola. Me di vuelta y sin dudarlo jalé el gatillo. Su cráneo se despedazó de inmediato con el impacto y sentí la sangre caliente que salpicaba en mi rostro.

Mientras me incorporaba busqué en sus bolsillos la carta de Francisco. Subí al cuarto apoyándome en la pared y encima de una cómoda llena de imágenes de santos vi el sobre y reconocí la letra de Francisco. Solo me aseguré de que estuviera el contenido, corrí a través de los cadáveres y subí las escaleras hasta salir del panteón. Luego casi volé del cementerio hasta la casa de la mujer que cuidaba de Alanos. Lo monté y sin decir nada, lo azoté y emprendimos el camino a toda velocidad hacia Santa Fe de Bogotá. Mi fiel compañero hizo el trayecto a la mitad del tiempo sin parar. Sabía que esa mañana se cumpliría la sentencia. Tomé la vía más corta por la sabana y cruzando campos en la madrugada a todo galope logré llegar a San Victorino y de allí solo quedaban unos cuantos metros de la plaza mayor. La muchedumbre se agolpaba en las calles y el descontrol era total: los gritos de justicia y los gendarmes con armas de guerra en las calles. Dejé a mi caballo amarrado a dos cuadras y me metí entre la muchedumbre. Los reos estaban ya sentados frente al pelotón de fusilamiento, solo mi amigo y maestro permanecía de pie. Al intentar llegar a donde se encontraban las autoridades escuché el grito más terrible y apasionado que no pude olvidar jamás y lo escucharía en mis pesadillas para siempre: "Muero Inocente" y el grito de fuego del capitán y luego las detonaciones. Vi caer a mi amigo y todo fue sangre y caos. Me desmoroné. No llegué a tiempo. Regresé a buscar a mi caballo mientras las calles se convertían en un campo de batalla. Me resguardé con él en la casa de mi amigo, el mismo que acababa de morir. Su hermana y sobrina desconsoladas lloraban. Allí pase las siguientes horas meditando sobre qué hacer con la verdad que tenía en las manos. Decidí que esta verdad no le pertenecía a ningún gobernante, a ninguna autoridad. Era la verdad del pueblo y el sacrificio de un hombre justo.

Me acomodé en la silla de la biblioteca del Doctor Russi. Y con Napoleón como testigo, comencé a leer el mensaje de Francisco. Todo iniciaba en la reunión en el claustro de San Diego. Todo lo sucedido en los últimos meses había sido un plan fraguado por la Logia de la Cruz, una sociedad ultra conservadora ortodoxa que mantenía un odio hacia la sociedad Neo Granadina por la expulsión de las comunidades Jesuitas y la expropiación de sus propiedades y negocios de educación y comercio. Ignacio Rodríguez, el hombre de aspecto misterioso y que alguna vez vi en mi niñez había sido traído por el propio Cardenal Gonzaga. El forajido fue pagado para conformar la "Banda del Molino del Cubo". Los hombres que lo acompañaban solo fueron engañados para hacer parte de una organización que se mostraba como pícara e inofensiva. Todos y cada uno de los golpes dados por la banda eran falsos. Pensamos con el doctor que Manuelito Ferro era parte de la banda cuando notábamos que las cerraduras no eran violentadas. La verdad de las cosas era simple. Nunca hubo robos. Todo se guardaba en la propia catedral y Alsina, la viuda y las demás víctimas eran conspiradores. Al desestabilizar a la ciudad, las leyes se aprobarían y así el libre comercio se aprobó. El Doctor Russi enfrentó al general presidente y al ser el perito investigador, era una verdadera amenaza de esta organización. Sin quererlo se había convertido en el inspirador y el gestor de los movimientos campesinos y de artesanos. El plan de desacreditarlo y destruirlo les había jugado en contra. Al verlo en la cárcel, su imagen inspiró a los hombres cultos y revolucionarios que conformaban las sociedades democráticas que tomaron su tragedia como propia. Francisco fue el peón que blanqueaba sus intenciones y cayó víctima de los poderes e influencias de estos hombres infames. El miserable de Manuel Ferro escuchó que su nombre se estaba barajando como posible secuaz de la banda por su trabajo de herrero y cerrajero. Tuvo la mala suerte de intentar denunciar ante la policía a los ladrones antes de que él mismo fuera culpado y cayó en las manos asesinas del Buitre justo en la puerta de nuestra casa. Es así como la casualidad jugó en contra del noble Doctor Russi y su sentencia se firmó simplemente haciendo de una coincidencia un hecho verídico que le costó la vida. Todos los cabos quedaban unidos y sólo uno de los conspiradores, Ignacio Rodríguez estaba incomunicado y sufriendo la consecuencia de ser condenado a muerte. El mismo aseguró que sobreviviría confiado en la palabra de sus compañeros. Al final, camino al cadalso, se dio cuenta que estaba la suerte en su contra y decidió despojarse de su única pertenencia: un anillo de oro con una esmeralda, se la dio a uno de los fusileros del pelotón y le pidió que le apuntara a la cabeza. En sus ojos estaba la furia de un hombre traicionado y sin embargo su cobardía llegó a estar presente hasta el último momento al no decir nada. Francisco había sido delatado por el cura de la iglesia de La Candelaria y este informó al cardenal de los mensajes que se ocultaban en su parroquia. Todo esto lo sabría como resultado de las revueltas de las sociedades democráticas que años después le sacaron la verdad al desdichado cura mientras era torturado por sus crímenes. Solo me queda en la mente la sensación de tristeza de ver a mi maestro y amigo caminando derrotado hacia la plaza encadenado y triste por entender que todos los que soñamos alguna vez con un mundo justo y feliz, morimos en manos de la crueldad de los hombres o la desesperanza que el tiempo y la resignación nos deja. A él le tocó lo primero, a mí lo segundo. Su cuerpo nunca fue entregado a sus familiares para evitar que su tumba se convirtiera en algún tipo de símbolo o de inspiración para nuevos levantamientos.

Este Diario lo encontré en su celda cuando logré ingresar con la ayuda de Sigifredo después de las revueltas. Consigno aquí mi parte de la historia. Aquello que mi maestro no logró saber. Estas son también sus palabras. Ahora dejaré este documento entre sus pertenencias esperando, que aquel que las encuentre, viva en una nación más justa y que su sacrificio no haya sido en vano. Parto a Europa y dejaré atrás a la Nueva Granada y sus ingratas tierras, entregando como legado esta historia, esperando que al final de toda esta tragedia, un hombre justo quede en pie.

FIN.

NOTA DEL AUTOR

"Donde los muertos permanecen en pie" es el producto de la casualidad, el amor por la historia, el esfuerzo de un sueño roto y el renacimiento de un proyecto que siempre había sido postergado.

A través de él, pude explorar la libertad que da el ser autodidacta, aplicar un método de la investigación sin las ataduras del ego intelectual o el compromiso académico. Comenzó como un proyecto para el cine, con la ilusión de todo estudiante de medios; buscaba esa idea que pudiera inmortalizar en el celuloide y ¿por qué no?, contar una historia desconocida y darle un punto de vista más justo a la tergiversada verdad mostrada a través de los años. Después de múltiples búsquedas, todos y cada uno de los elementos que fueron la fuente de inspiración de este relato llegaban a mis manos sin mayor esfuerzo. Fue así como llegué a los archivos de la Biblioteca Luis Ángel Arango y al curador del museo Nacional de Colombia y obtuve documentación y elementos originales que eran parte de la historia de este mítico e incomprendido personaje. Los elementos que nos brindaban de una manera tan absurdamente sencilla no dejaban de sorprenderme, y en broma especulaba que nuestro personaje intervenía desde el más allá para que contáramos su historia. En realidad, se conocía poco de él y las fuentes consultadas en su momento venían de las ya conocidas crónicas del desalmado y asesino Dr. Russi, pero tuve la fortuna de toparme con muchos que creían el lado oculto y benevolente. Hubo varios intentos fallidos de aprovechar el contenido de esta investigación, pero solo la experiencia de vida y la exploración de otros ambientes pudieron darme las pautas para conformar una pequeña narración acorde a mis gustos como historiador autodidacta y escritor en entrenamiento. Jamás pensé reconciliar el aspecto académico de la narración de ficción. Sin embargo el tomar clases en una facultad de historia y toparse con el factor académico y la necesidad de hacerle justicia a los acontecimientos con argumentos, me permitió acceder a un sinfín de métodos de formulación de teorías sobre personajes y acontecimientos del pasado, y la riqueza que la literatura y los estudios de la metodología contra fáctica de la historia y su aplicación en la escritura de novela y guion me dieron la base para emprender desde cero la novela que hoy ha nacido.

Leer a Fernando Vallejo y a William Ospina fue una inmensa inspiración. La capacidad de expresarse desde la primera persona, así como el pensarse como colombiano desde nuestros errores históricos, sin cegarse al patrioterismo y siendo objetivo a lo que significa esa herencia cultural de nuestro país, permitió hacer de esta novela un reflejo de lo que hemos sido como nación desde que fue concebida. Los errores históricos y la pérdida de la memoria han sido las verdaderas causas de los infames años que hemos vivido. Los colombianos somos víctimas de nuestro propio invento de sociedad y todos esos elementos positivos que con tanto esfuerzo intentamos demostrar, no han logrado superar la condena y el lastre que han significado años de corrupción y olvido. Solo revisando nuestro pasado podemos entender las calamidades del presente. Tal vez nosotros, los exiliados por convicción, podemos entender que la distancia y vivir en otra realidad política y social, nos dan una visión más clara de todos estos males. Si vemos desde esta perspectiva, el doctor José Raimundo Russi pudo ser un mártir más de la política partidista y prejuiciosa, asumida desde las ideas sacramentales y no desde un espacio de pluralidad. Es la misma situación que aqueja a nuestro país en los últimos 40 años. La guerra, la desigualdad social, la corrupción, han hecho mártires a grandes hombres y víctimas a los demás ciudadanos que luchan día a día para sobrevivir. Esta misma historia se escribe con otros nombres y estamos condenados a repetirla. Sobre José Raimundo Russi no hay mucho que decir sobre su vida fuera de lo narrado a través del libro en forma de ficción. Nacido en el año de 1816, en el municipio de Guateque, en su momento una jurisdicción reconocida por el convento de Santo Eccehomo. Realizó estudios de derecho e idiomas en el Colegio San Bartolomé. Su acercamiento con las clases populares lo hicieron merecedor de acusaciones de rebelión, pero así mismo se desconoce realmente el grado de participación en los movimientos liberales de la época. Se sabe sobre su servicio público y el resto son meras suposiciones o afirmaciones de sus propios detractores. Todo en la historia es motivo de debate. Desde la ficción, podemos simplemente ponerlo en el imaginario y darle una nueva oportunidad de instalarlo como tema de discusión.

 Es una realidad que la literatura es un arte complejo, más en una época donde la palabra es de todos, pero no todos tienen el don de la palabra. La mayor lección que puede darme esta experiencia de vida es: cualquiera puede hacer el ejercicio de escribir, eso es lo más fácil. Pero para ser escritor hay que vivir la vida y eso no se aprende en la escuela ni en los libros. Y después de un primer libro, autodenominarse escritor es a mi parecer algo pretencioso. Espero que los próximos trabajos que lleguen a ver la luz me permitan entrar en su momento a ese espacio maravilloso de la literatura.

Los agradecimientos son muchos. Para mi familia completa, a mi padre por enseñarme el maravilloso mundo de la historia y el gusto y la importancia de la lectura, a mi madre por enseñarme a ser constante, cauto y mantener la iniciativa de hacer un esfuerzo más allá de las simples intenciones. A mi hermana por su impulso y confianza de creer en este proyecto, a mi hermano Camilo que me ayudó a recuperar el material viejo de la investigación. A mi mejor amigo Andrés por sus datos históricos y el impulso cuando faltaban el aire o las ideas y finalmente a mi mentora Emilce, a quien le debo el conocimiento y la alegría de aprender a hacer de las palabras una obra digna de ser leída.

APÉNDICE

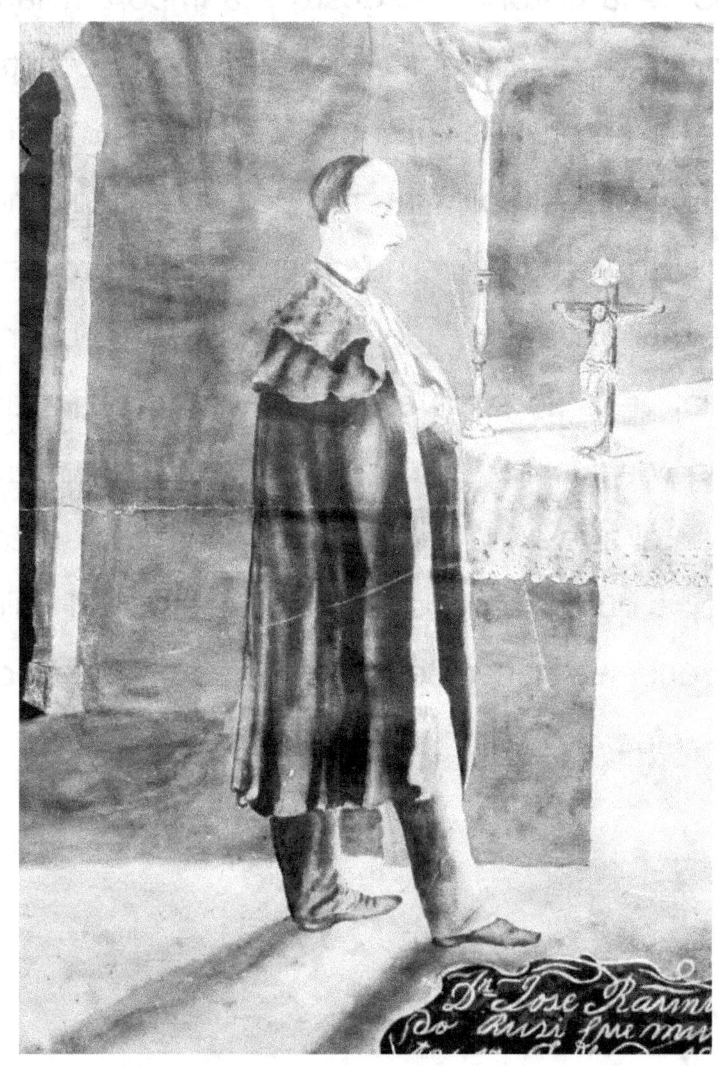

"El Dr. Russi en capilla". Acuarela de José María Espinosa. Museo Nacional de Colombia

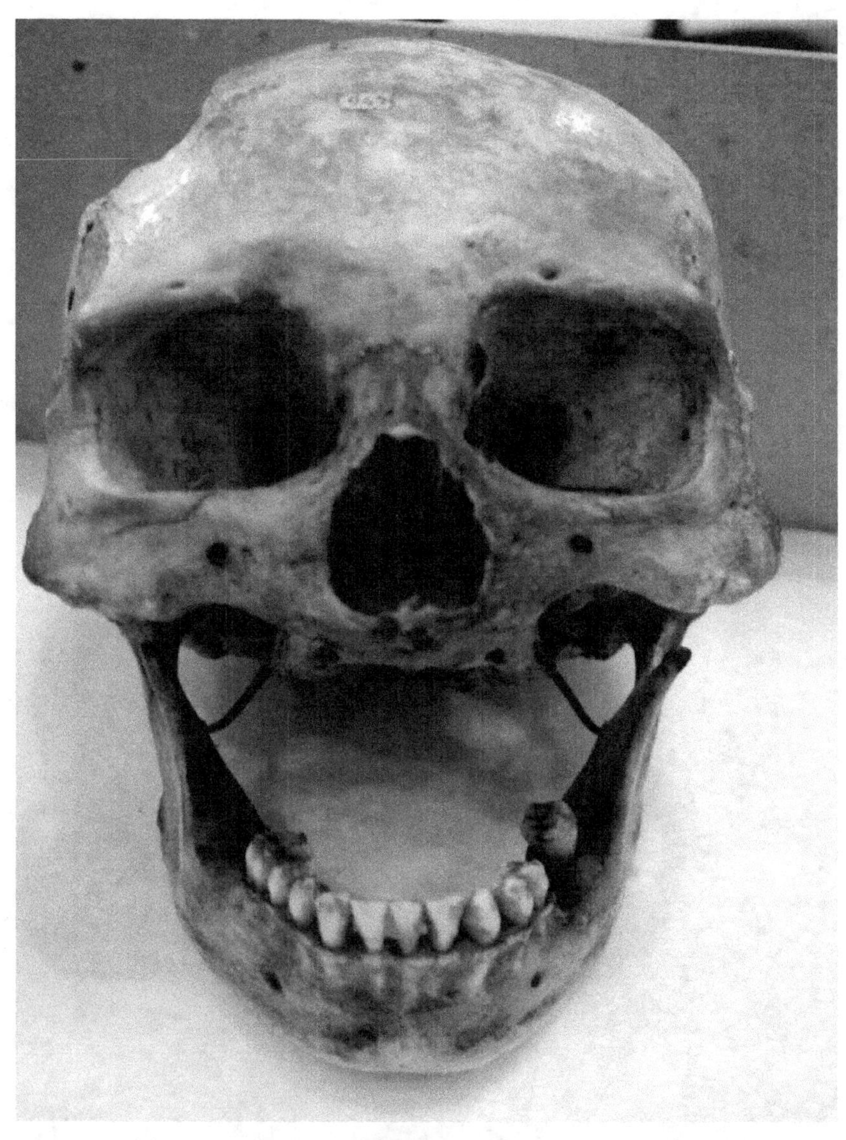

Cráneo del Dr. Russi. Museo Nacional de Colombia

Fotografía: John Alexander García.

Residencia de Jose Raimundo Russi.

Fotografías: Pilar Hernandez Orjuela

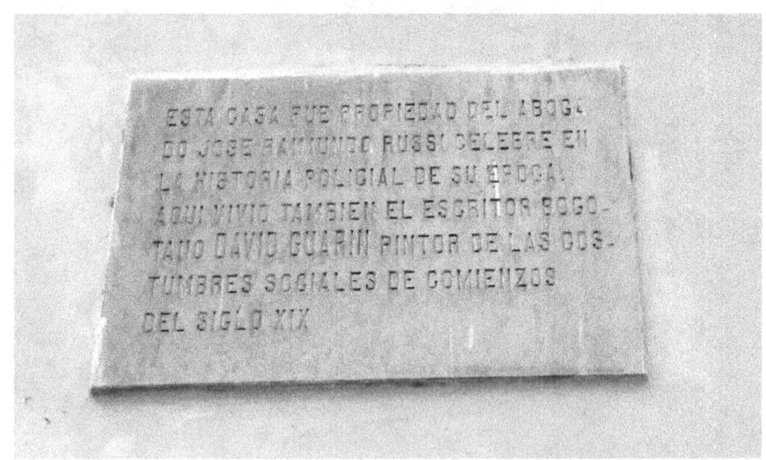

Calle 10 Barrio la Candelaria.

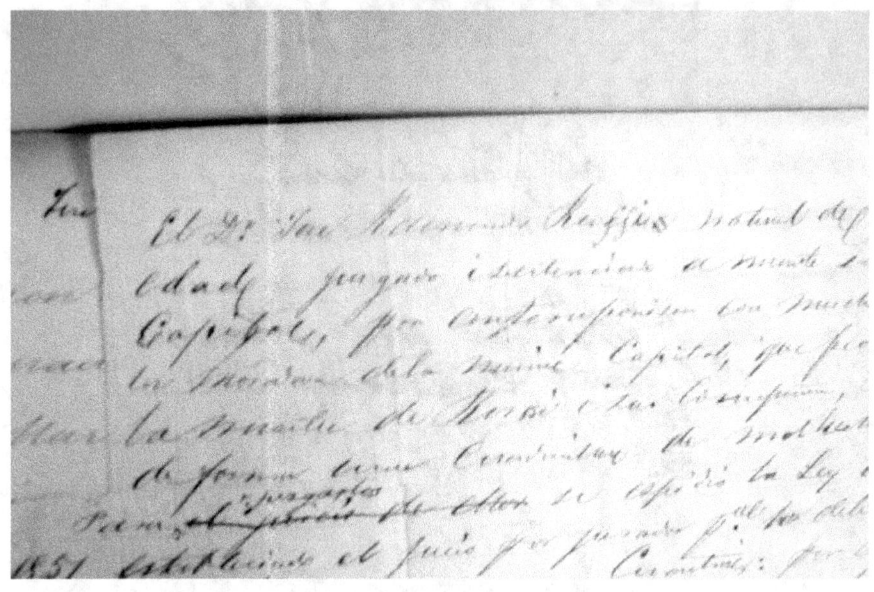

Manuscritos del proceso judicial y declaraciones.

Biblioteca Luis Ángel Arango Bogotá

LA RAZON A LAS CONCIENCIAS.

una institucion nueva, i si con ella cometéis una
injusticia, arrojáis sobre la sociedad entera una
mancha de sangre que no se borrará jamas. Si
derramáis la sangre de Russi por medio de un
asesinato oficial, i este hombre es inocente, como nosotros lo creemos, un infierno de remor-
dimientos habrá de ser el resto de vuestra vida.
Reparad que, si Russi no es completamente inocente allá en vuestra conciencia, por lo ménos
hai dudas, hai inmensos vacios que no dejan al
espíritu tomar aquella fuerza de conviccion que
es necesaria para votar la muerte de un hombre
por un hecho dado; i para votar la muerte de un
hombre, ¿ cuándo, en qué circunstancias? Cuando los principios están peleando por consagrar
en las instituciones humanas la inviolabilidad de
la vida. Tened presente que, en los casos de
duda, la conciencia no se salva aplicando una
pena irreparable, sino decidiendo siempre lo mas
favorable a la inocencia, i que este ha sido el
sendero de los hombres de bien.

¡Hombres de conciencia i de juramentos! No
olvidéis que hace tres dias no mas que la con-
denacion del Dr. Russi hubiera sido popular,
si él no hubiese hablado; pero que hoi ha espe-
rimentado la opinion un cambio tal, que seria
difícil encontrar una décima parte de esa pobla-
cion prevenida i severa que votase su casti-
go sin escrúpulos i que firmase su sentencia
con pulso firme. I esa opinion pública que án-
tes juzgaba al preso de una manera desfavora-
ble, era la obra de la precipitacion con el...

Fragmentos del pasquín "la razón a las conciencias"
atribuido a las Sociedades Democráticas liberales.

Municipio de San Bernardo 1908

Entrada del mausoleo Cementerio San Bernardo

Catacumbas con cadáveres sin clasificar.

Fuente fotográfica: Virginia Mayer

Crónica: "Momias Colombianas se niegan a desaparecer"

Revista Kien y Ke Abril 8 de 2012

https://www.kienyke.com/historias/momias-colombianas-que-se-niegan-desaparecer